血反吐怪談

つくね乱蔵

竹書房
怪談
文庫

※本書は体験者および関係者に実際に取材した内容をもとに書き綴られた怪談集です。体験者の記憶と主観のもとに再現されたものであり、掲載するすべてを事実と認定するものではございません。あらかじめご了承ください。

※本書に登場する人物名は、様々な事情を考慮してすべて仮名にしてあります。また、作中に登場する体験者の記憶と体験当時の世相を鑑み、極力当時の様相を再現するよう心がけています。今日の見地においては若干耳慣れない言葉・表記が記載される場合がございますが、これらは差別・侮蔑を助長する意図に基づくものではございません。

本書の怪談記事作成に当たって、快く取材に応じていただいた方々、体験談を提供していただいた方々に感謝の意を述べるとともに、本書の作成に関わられた関係者各位の霊的無事をお祈り申し上げます。

吐血

血反吐。
消化器が出血し、吐いてしまう状態を指す言葉だ。
主な原因は疾患や損傷である。多量に出血した場合、命に関わる可能性が高い。
消化器だけではない。激しく傷んだ心も出血する。この血反吐は他人には見えない。
本人が気付かない場合も多いのだが、これも下手をすれば命に関わる。

この本に登場する人達の殆どが見えない血反吐を吐いている。
厭な話だなと思える貴方は、まだ大丈夫だ。
この人の気持ち、分からなくもないなと共有できる人は、気をつけたほうがよい。
貴方の心も知らない間に傷つき、血を流しているからだ。
その傷を日常という絆創膏が、仮に塞いでいるだけにすぎない。
読み終えた後、残念ながら日常は剥がれ落ちる。
書き終えた私は既に剥がれ落ちている。
さあ、共に血反吐を吐こうではないか。

目次

五対六

若かりし頃の後藤さんは、毎週のようにコンパに参加していた。

いわゆるモテ期の最中であり、面白いように女性を持ち帰れたという。

コンパの仲間は、大抵五人。相手の女性も五人と決まっていた。

当時流行っていたテレビ番組を模倣したやり方だが、相手の女性グループもそれは承知の上だ。

お互いにノリまくって話が弾んだ。

最初の頃は、いつも違う店を選んでいた。当時はネット検索などという便利なものはなく、精々がミニコミ誌を熟読するぐらいしかない。

その分、お洒落な店を開拓すると、皆から絶賛された。

後藤さんは、水商売のバイト経験が長く、色々な伝手があった。

新規の店の情報も人より早く入ってくる。

いつの間にか、店の選定が役目になっていた。

ある日のこと、例によって幾つかの店を提示すると、仲間の一人がこんなことを言った。

「先週行った店、あれよかったやん。あそこ、もういっぺんやらへんか」

他の仲間も賛同し、それならばと決定した。

確かに、ここは後藤さんもお気に入りの店である。

その理由が、かなり変わっているため、他人には言えなかった。

コンパをやっていると、いつの間にかテーブルの隅に女性が座っているのだ。

相手は既に五人並んでいる。その五人目の横にいる。

何となく影が薄いが、とにかく見た目がとんでもなく可愛い。

当時のアイドルグループの一人にそっくり、いやもう一段階上のルックスである。

それを何故言えないかというと、この女性がこの世の者ではないのが後藤さんには分かっていたからだ。

幼い頃から、そういった存在を見ることができたのだという。

今までは、自分の能力を疎《うと》ましく思っていたのだが、このときだけは感謝したそうだ。

あの女性を見られるなら、反対する理由はない。

早速、店をキープして当日を待った。

いつも通り、相手の女性グループを楽しませつつ、例の女性を待つ。
来た。
相変わらず可愛い。生きてさえいたら、絶対に声を掛けるのに。
そう思いながら、ふと周りを見ると、仲間全員がその女の子を見ていた。
「え。おまえら見えるんか」
全員が一斉に同じ言葉を吐いた。
それからも何度か、その店でコンパを開いた。
ちなみに、その女性は全員一致で霊子ちゃんと呼ぶことにした。

圧迫返し

その日、就活中の桜井さんは、とある上場企業の面接会場にいた。

二次面接まで漕ぎ着けたのが、奇跡と言ってもいい有名企業だ。

そのせいか、控え室にいる他の学生達が自分よりも優秀に見えて仕方ない。

だが、ここまで来られたからには、最後の最後まで諦めずに頑張るしかない。

自分に活を入れ、順番が来るのを待った。

名前が呼ばれ、いよいよ面接開始である。ドアを開け、中に入った瞬間、桜井さんは重い空気を感じた。

面接官は四名。着席しているのは三名の男性だ。その後ろに女性が一人いる。

着席組の左は柔和、右は無関心、中央が不機嫌。あまりにも露骨すぎて、わざとやっているのが丸わかりである。

自己紹介など一切なく、いきなり左側の柔和が話しかけてきた。

「はい、座ってくださって結構ですよ」

そこから始まった面接は、いわゆる圧迫面接という代物であった。

貴方を採用して、当社にメリットはありますか。

今仰った長所は、社会人なら誰もが当然持っているものでしょう。

どうやら当社では、貴方の知識は何一つ役に立ちませんね。

そんなクラブ活動、アピールの材料にはなりませんよ。

中央の不機嫌が、次から次へと否定してくる。

右の無関心は肘を突いて、窓の外を見ながら、時々欠伸《あくび》をする。

左の柔和はニコニコと笑いながら、それは何故ですか、根拠は何ですか等と執拗《しつよう》に畳みかけてくる。

後ろの女性は黙って見つめているだけだ。

桜井さんは、しどろもどろになりながら、精一杯やり抜いた。

「はい、ありがとうございました。そちらから何か質問は。まともな質問はないだろうけど」

「あ、一つだけよろしいですか」

桜井さんは、部屋に入ったときから感じていた疑問をぶつけてみた。

落ちて元々、好き放題言われたままでは終われない。

「皆さんの後ろにいらっしゃる女性は誰ですか」

三人が互いの顔を見合わせ、そっと背後に目をやる。

「あの……聞こえました？　その女性はどういった役割の人なんですか」

「何を言ってるんだね、君は」

「そうだよ、この部屋にいるのは私達三人だけだ」

「初めてだな、こんなふざけた学生は」

桜井さんは、見えている情報を正確に言葉にした。

上は白いブラウスと黒い上着、下は黒のタイトスカート。

髪の毛は後ろで結わえている。おとなしそうな顔に銀縁の眼鏡。

薄青の封筒を抱えて、青い紐の先に社員証、名前は小松。

「中央の面接官の方、お名前は伺ってませんが、粟津課長さんですよね。貴方をじーっと見てるんですけど」

「とにかくこれで面接は終わりだ、出ていきたまえ」

何故か狼狽《うろた》えている面接官に、失礼しましたと頭を下げ、桜井さんはドアノブに手を掛けた。

ちなみに、桜井さんは最後まで完璧にやり遂げなくては気が済まない人だ。

それは自分の長所として、先ほど述べている。

そのモットーに従い、桜井さんは出掛けに捨て台詞を残した。

「小松さん、粟津課長が今でも好き、絶対離れないって言ってますよ」


これは合格するわけがないな。

まあ、あんなのがいる会社は、こっちから願い下げだ。

そう呟きながら、桜井さんは帰途に就いた。

後日、意外にも内定通知が届いたという。

箱の中身は

大和田さんは二十代のある日、単独事故で救急搬送されたことがある。
集中治療室で数日を過ごした後、無事に回復し、一般病棟に移された。
友人が持ってきてくれた見舞いの紙袋を開けようとした瞬間、妙なことが起こった。
袋の中身が分かったのだ。
大好きな漫画の最新刊とタバコが入っている。
見えるというか、頭の中に浮かんできたという。
俄然、面白くなった大和田さんは、ありとあらゆる物を試していった。
紙袋や薄い段ボール箱なら百発百中で分かる。
少し分厚い物や、金属などは無理なようだ。柔らかくても、布も駄目だ。
頑張ったおかげで、かなり分厚い箱も分かるようになった。
とりあえず、入院中の良い暇つぶしになったという。
退院後も力は残ったが、特に使うような場面はなかった。
中身が知りたければ開ければ済むことだ。

精々、正月の福袋を選ぶときに役立つぐらいであった。

ある日のこと。
大和田さんは昼飯を買いに、会社近くの公園に向かった。
最近、美味いキッチンカーが来るようになったのだ。
いつもの弁当を購入し、折角だからと噴水が見えるベンチに座った。
風景と味を楽しみながら箸を進めていると、向かい側に座る女性が目に入った。
膝の上に段ボール箱を乗せ、何をするでもなくぼんやりと座っている。
その姿が何となく気になった。
顔色が青い。こまかく震えている。
何処か具合でも悪いのではないか。
心配になった大和田さんは、女性に近寄り、声を掛けた。
「あの。大丈夫ですか、具合悪そうですけど」
驚いた女性の膝から段ボール箱が落ちそうになった。
慌てて手を伸ばし、支えた瞬間、大和田さんの頭の中に箱の中身が浮かんだ。
生まれたばかりの赤ん坊だ。

顔の下半分にガムテープが貼ってある。
生きているようだが、かなり弱っている。
あまりの衝撃に立ちすくむ大和田さんを睨み付け、女性は箱を抱えて逃げていった。

置き土産

芳美さんには秘密がある。

世間一般で言うところの霊視ができるのだ。

幼い頃、庭で一人遊びをしていたときのことだ。

何かの気配を感じ、顔を上げると老婆が立っていた。老婆は、何か言いたげに芳美さんを見下ろしている。

「おばあさん、だれですか」

そう話しかけた途端、老婆は消えた。驚いて泣いてしまったのを覚えているという。

その出来事が切っ掛けで、芳美さんは身の回りにいる霊に気付いた。

それが自分にしか見えないのも分かった。

一般的に、霊と呼ばれるものだと知ったのは、小学校に入ってすぐだった。

成長し、高校生になった芳美さんは、自分に霊視能力があることを秘密にしている。

公表したところで、ろくなことにはならない。

中学校では霊視が原因で虐められていた。

アニメの話で盛り上がっている最中、ついうっかり口を滑らせてしまったのだ。

その結果、薄気味悪い女、変な奴と仲間外れの対象になり、辛い三年間を過ごしたのである。

幸い、入学した高校に同じ中学出身者は数えるほどしかいない。

それまでの自分から抜け出す最高の機会となった。


とはいえ、その能力が消えたわけではない。

今までに様々な霊を見てきた。しっかりと姿形が分かるものもいれば、もやもやとぼやけているものもいる。

その違いは、思いの強さから生じるのではないかと芳美さんは考えていた。

残した思いが強ければ強いほど、明確な姿で現れるというのが芳美さんの持論だ。

残念ながら、高校にもその類の霊はいた。

三階の音楽室の隅に立っている制服姿の女生徒だ。

この高校は学年によってリボンの色が違う。その女生徒のリボンは二学年を示していた。

ちなみに、音楽は二学年から選択授業になる。芳美さんは書道を取ることに決めている。

一年間だけ我慢すれば、音楽室とは縁がなくなるわけだ。

あの女生徒は、特に何かしてくるわけでもなく、ただ立っているだけである。

無視していれば大丈夫だと思える。今のところ、顔は見ていないし、目も合ってない。

この状態を保っていこう。

芳美さんは無視を続行し、授業を終えた。

その後も無視を保っていた芳美さんだが、妙なことが気になった。

音楽室の女生徒、あれで良いのだろうか。

私のように見える人から無視され、見えない人に存在を主張することなく、いったいどうしたいのか。

私の在学中が最大のチャンスなのに、ぼーっと突っ立ってるだけ。

考えれば考えるほど苛ついてしまう。

駄目だ駄目だ、無視しなければ。こうやって考えてしまうのが、あれの戦略なのかもしれない。

芳美さんは気合いを入れ直し、徹底的に無視を貫きとおした。

二年になり、選択授業を書道に決めてから、音楽室には全く行かなくなった。

おかげで、あの女生徒の姿も見なくて済む。

芳美さんは、残りの高校生活を何の憂いもなく過ごすことができた。

高校三年の冬、芳美さんはある試みを始めた。

自らの能力をさらけ出し、音楽室の女生徒の存在を皆に知らせて回ったのだ。

これこれこういう姿で、ずっとあの隅に立っているんだよ。

ほら、見えるでしょ？　見えた人の夢に現れるの。どんな夢でもお構いなく、あの子が立つのよ。

そんな出まかせをもっともらしく話した。

とはいえ、見えた姿をそのまま言っているから、百パーセント嘘ではない。

噂はあっという間に学校内に広がっていく。

結果として、芳美さんの試みは大成功と言えた。

面白いことに、女生徒を見たという者が何人も現れたのである。

しかも全員が、本当に見えてなければ分からないことをいう。

髪の長さや、靴下の色など、芳美さんは一言も言っていないのだが、全て言い当てた。


卒業式当日。

芳美さんは音楽室を覗いてみた。

あの女生徒は、初めて見た頃のような弱々しさがなく、堂々と存在していた。

何と、見つめる芳美さんを睨み返してきたそうだ。

今現在も、あの女生徒は音楽室にいる。

その姿を目撃する人間は、年々増加の一途を辿っているという。

個人的な理由

平野さんには他人に言えない能力がある。

人の死が分かってしまうという力だ。

ああ、この人は死ぬな——という程度の予想だが、外れたことがないという。

ある人物を見た瞬間、脳内に映像が流れてくるそうだ。

ところが、それがあまりにも漠然としているため、正確な日時や死因などは全く分からない。

一番知りたい情報が入手できない以上、当人に教えるわけにはいかない。

相手が身内なら、それとなく注意を払うこともできるが、赤の他人となると放置するしかない。

見知らぬ女性から、あなた死ぬから気を付けてと言われても困惑するだけだろう。

例えば、二年前のこと。

二軒隣の奥さんに朝の挨拶をしたとき、その人が自転車に乗っているところが浮かんだ。

それから三日後、その奥さんは自転車に乗っているところを車に撥ねられた。頭を強打しており、搬送後に亡くなってしまった。

最近だと二カ月前。

タクシーの運転手に料金を渡した瞬間、その男性がジョギングしている姿が見えた。これに関しては結果が分かっていないが、恐らく心臓系の疾患か何かが死因だろう。

その程度しか分からないわけだ。

人はいずれ死ぬ。病気や寿命と違い、事故や事件は予想できない。それと同じだ。

一度だけ役に立ったことはある。

勤務先の店で有名なクレーマーがいる。あれこれ難癖を付けては、買った商品を何度も新品と交換させたり、使い込んだ物を返品に持ち込んだりする悪質な客だ。

例によって苦情の対応中、この客が何かの肉を食べている映像が浮かんだ。

二週間後、新品交換の品物を自宅に持っていったところ、亡くなったことを知らされた。

生肉を食べて中毒を起こしたのが死因だった。

平野さんは、死ぬのが分かっていたから、どんな苦情でも笑顔で対応できたという。

今年に入って間もなくのこと。

同僚の三木さんが、台所に立っている情景が浮かんできた。

隣に年配の女性がいる。

三木さんは、母親と二人暮らしだと聞いている。

だとすると、隣にいるのが母親だ。

情景に二人浮かんできたのは初めてだった。

三木さんが死ぬのか。それとも母親のほうか。

注意したくても具体的なことが言えない。そもそも、三木さんの前だと胸が一杯になってまともに話せなくなる。

心配しすぎたせいか、いつもとは違う状況になった。

予想の続きが浮かんできたという。

三木さんが台所から出ていく。残った年配の女性が、いきなり胸を押さえて倒れた。

ここまで明瞭な映像は初めてである。

これ以上、人の死を見ていたくないのだが、脳内の映像は止まらない。

女性が動かなくなるまで映し出し、いきなり終わった。

我に返った平野さんは、自分が泣いているのに気付いた。

状況ははっきり分かった。

亡くなるのは三木さんのお母さん。場所は台所、心臓の病気。日時までは分からないけれど、三木さんが普段着だったから休日だろう。

素敵な普段着だったな。スーツとは違うラフな男らしさが堪《たま》らなかった。

あの横に立つのが私だったら、どんなに幸せだろう。

妄想に浸り切った平野さんは、その日一日をぼんやりと過ごした。

ちなみにお母さんが亡くなることは、三木さんに告げていない。

信じてもらえないのは分かり切っている。変な女だと思われてしまう。

早めに知っていれば、対処は可能だとは思う。

病院で精密検査を受けるとか、逃れる方法はあるだろう。

匿名の手紙か何かで注意するという手もある。

どうにかして伝えておく手段はあるだろうが、平野さんは全て放棄した。

自分が三木さんの妻になったとき、うるさい姑はいないほうがいいし、何よりも三木さんの喪服姿が見てみたいからだという。

母の正論

宮下さんから聞いた話。

面倒見の良い宮下さんは、他人から相談を持ちかけられることが多い。

最近、橋本さんという女性の相談を受けた。

待ち合わせ場所の店に現れた橋本さんは、挨拶もそこそこに話し始めた。

何やらかなり怒っている様子だ。隣で所在なさげに立っているのが娘さんだろう。感情が見えない顔で母親を見下ろしている。

橋本さんの話によると、この香奈美という娘さんが万引きで補導されたのが、事の発端である。

盗ったのは安いリップクリーム一つ。それでも犯罪行為には違いない。

ただ、橋本さんは万引き行為に憤慨しているわけではなかった。

そのようなことができる子ではないのは、誰よりも母親である自分が知っている。何か裏の事情があるに違いないと思ったそうだ。

問い詰めると、案の定である。

香奈美ちゃんは、同じクラスの女子グループに命令されていた。

グループのリーダーは上岡聡美という子で、見た目は普通の中学生である。しかしながら、その中身は大人でもたじろぐほど悪質な少女らしい。

反社の男と付き合っている、同級生に売春させている、万引きさせた物を売っている等々、容易には信じ難い内容だが、実際に目撃した者も多い。

本人は肯定も否定もせず、淡々と過ごしている。けれど、やはり言動に隠しきれない凄みが漂ってしまう。

その姿に憧れる者が徐々に増えていき、一般の生徒達を圧倒していった。

ただし、授業妨害や恐喝などの分かりやすい行為はしない。

あくまでも仲良しグループという外見を保ち、裏で好き放題やらかす狡猾《こうかつ》な集団である。

この集団に香奈美ちゃんは目を付けられた。

香奈美ちゃんには、成績や外見で突出するものがない。言動にも目立つ点はない。その他大勢の一人だ。

聡美のグループにとって単なる奴隷であり、商品である。

「万引きと売春、どっちか選べって言われた。誰も逆らえない、先生も見ないふりをしてる。お母さん、私もう無理。学校辞めたい。もう行きたくない、逃げたい」

香奈美ちゃんは、泣きながら訴えたという。

そこまで話して、橋本さんは宮永さんを睨み付けながら言った。

「どう思いますか。あたし、身震いするほど腹が立って」

それはそうだろう。そこまで行くと、学校ではなく警察の出番だ。

そう答えたのだが、橋本さんの思いはかなり違っていた。

橋本さんは香奈美ちゃんを正座させ、厳しい声で叱りつけたそうだ。

何故、逃げるのか。逃げてどうする。

悪いのは向こうだから、学校を出ていくべきは向こうだ。

苦しくても辛くても、正々堂々と前を向いて、顔を上げていれば良い。

そのような正論を延々とぶつけ続けた。

「折角言い聞かせているのに、香奈美ったら泣いてばかりで。ほんと情けない」

すぐ側に本人がいるにも拘わらず、橋本さんの愚痴は続く。

香奈美ちゃんは相変わらず無表情のままだ。

最早、素人の身の上相談でどうにかできるレベルではない。イジメを通り越した犯罪行為も、壊れている親子関係も、専門的な知識を持つ機関に一任すべき状況である。

「とりあえず、娘さんと一緒に人権擁護の窓口を訪ねられたほうが良いと思いますよ」

宮下さんは、できる限り穏やかに忠告した。

その途端、話し続けていた橋本さんが、唐突に黙り込んだ。

「……は？」

聞こえなかったのかと思い、宮下さんは繰り返した。

「何言ってんの。無理に決まってるじゃない。香奈美は死んだのよ」

母親の正論から解放された香奈美ちゃんは、自室に戻り、現世から逃げた。

首を吊って自殺したのだという。

いや、だってそこに立っているじゃないか。

相変わらず無表情の香奈美ちゃんに話しかけようとした宮下さんを見て、橋本さんは嬉しそうに言った。

「あら。貴方も見えるのね。良かった、相談に来た甲斐があった。これね、どうやったらお祓《はら》いできますか。そういう人、紹介してもらえませんか」

お祓いと聞こえた。供養の間違いではないかと訊き返したが、橋本さんは首を振り、もう一度言った。

「供養じゃないです。お祓いです」

四六時中、香奈美ちゃんが現れるのだという。

朝、洗面所の鏡の中にいる。パート先のスーパーの店頭に立っている。休憩のとき、テーブルを挟んで正面に座っている。帰宅途中の電柱の横、玄関の前、居間のソファー、ありとあらゆる場所で橋本さんを見ている。

香奈美ちゃんの顔には怒りも悲しみもない。全くの無表情らしい。

「あれ以来、主人は家に帰ってこないし、これと二人きりなんです。私、少しも悪くないのに、何でこんな目に遭わなきゃならないんだろ」

娘さんが亡くなられて、悲しくはないのですかと訊ねると、橋本さんは呆気《あっけ》に取られた顔で怒りだした。

「悲しいに決まってるじゃないですか。だからこそムカつくんですよ。出る相手が違うだろって。聡美とかいうのを呪い殺したらいいのに、ほんと愚図《ぐず》なんだから」

これ以上、話に進展はなさそうだ。

宮下さんは、お祓いできるような知り合いはいないと答え、相談を終えた。

数週間して橋本さんから報告があった。どうやら、自分でお祓いできる人を探し当てたらしい。

「お金も時間も掛かりましたけど、上手く祓えました」

その後、町中で偶然、橋本さんを見かけた。

何処か悪いらしく、胸を摩《す》りながら、のそのそと歩いている。

依然として香奈美ちゃんが隣にいる。

何が嬉しいのか、満ち足りた笑顔を見せていた。

自殺志願

大西さんは、自殺志願の女性を止めたことがある。

それは今から二年前のことだ。

大西さんは職場の飲み会で遅くなり、最終電車に乗ったは良いが寝過ごしてしまった。

一つ先の駅は乗降客も少なく、タクシーすら見当たらない。

仕方なく、徒歩で家を目指していた。

途中、長い橋があった。等間隔で並んだ外灯が、ひんやりと照らす中をとぼとぼと歩いていく。

半分程渡ったとき、欄干《らんかん》に乗ろうとしている女性の姿を見つけた。

こういうとき、いきなり抱きついたり、大声で待てとか言うと、勢いで飛び込んでしまう。

何かの本で得た知識だが、大西さんは忠実に守り、優しく声を掛けた。

「ちょっと良いですか、道を教えてほしいんですが」

女性が振り向いた瞬間、柔らかく微笑む。

女性は二十歳そこそこに見える。

黒いスーツに白いブラウス、足元は黒いローヒールのパンプス。

会社帰りのようだ。

髪がボサボサで、目が異様なぐらい吊り上がっている。

一見して正気ではないことが分かったという。

腰が引けながらも、乗り掛かった舟を降りるわけにはいかない。

大西さんは、優しく話しかけながら、じわじわと近づいた。

「ねえ、私と話しませんか。こんなおじさんだけど、何かのお手伝いができるかもしれません。良かったら、話だけでも訊かせてください」

その途端、男の声が聞こえた。

「うるせぇな。やっとここまで連れてきたんだ、おまえなんかの出る幕じゃねぇよ」

男の声は女性の背後から聞こえてくる。

「さっさと行っちまえよ。これ以上邪魔するなら」

次の瞬間、大西さんの耳元で男が言った。

「おまえから先に自殺させるぞ」

生まれてこの方、悲鳴を上げたのはそのときが初めてだったという。

大西さんは振り返らずに必死で逃げた。
遠くで水音が聞こえた気がしたが、構わずに走り続けた。
あの女性が何処の誰か、あれからどうなったか。
今でも調べる気持ちはないという。

ごちそうさまでした

「最近、物忘れが酷くてさぁ」

栗田さんは懐からメモ帳を取り出し、何やら確認しだした。

ああそうそう、これを聞いてもらうんだと呟き、話を続けた。

「もう歳かなって。僕、六十だし」

私より五つ下ですねと教えたところ、露骨に驚かれた。

「ええっ、じゃあお孫さんとかも」

「一人いますよ。可愛くて仕方ない」

うんうんと更に深く頷《うなず》いた途端、会話の切っ掛けを忘れたらしい。

「最近、物忘れが酷くてさぁ」

懐からメモ帳を取り出し確認。

結局、これを三度繰り返した。

おかげで、栗田さんの現状をしっかりと把握できた。

栗田さんは、極度に認知症を恐れている。

自分の母親が酷い状態で、色々と苦労したらしい。

その血が流れている自分も、将来的には認知症で家族に迷惑を掛ける恐れがある。

最近の物忘れは、前兆ではないかと不安で堪らない。

病院に行けば良いだけなのだが、悪いほうにばかり考えてしまい、どうしても気が進まない。

うじうじと悩んでいる毎日だという。

慰めたり、励ましたりしているうちに、孫の話になった。

栗田さんのお孫さんは、四歳になったばかりの女の子だ。

お絵かきに夢中とのことで、栗田さんの絵も描いてくれたそうだ。

「これなんだけどね、上手でしょ。四歳とは思えない」

待ち受け画面を見せてもらった。

四歳児ぐらいの子供が描く人間は、胴体がなく、頭に手と足が直接生えている。

いわゆる頭足人と呼ばれるものだ。

その人の頭をその人全体と認識して描くからだと言われている。

栗田さんのお孫さんの絵も、正しく頭足人だ。

ただ、一点だけおかしな箇所があった。

頭の上に、もう一つ頭が乗っているのだ。

指摘すると、栗田さんはいきなりメモ帳を見返した。

「ああそうだよ、これこれ。これを見せなきゃならんのだ。何で忘れるかな。これ、俺も変だなと思ったから孫に訊いたんだよ。そしたらな」

おじいちゃんの頭の上に、頭が乗ってるよ。

何かチュウチュウって吸ってるの。

そう答えたのだという。

「なぁ、これって何だろ。俺、もしかしたら脳を吸われてるんじゃないかな。だから物覚えが悪くなってるとか」

何とも答えようがなく、栗田さんと私は黙って待ち受け画面を見続けた。

一カ月が過ぎた頃、栗田さんから連絡があった。

「すっかり治っちゃったんだよ。物忘れがなくなった。怖かったけど、孫に絵を描いてもらったんだ。頭は俺の分一つだけだった」
そう言って、栗田さんは快活に笑った。
それから僅か二日後、栗田さんの訃報が届いた。
脳血管疾患による突然死とのことである。
亡くなる前日、孫の絵を見ながら、こんなことを呟いていたそうだ。
「もう、吸うものがないのかもな」

よし、死のう

今から四年前、西川さんに起こったこと。

西川さんは技術指導のため、とある企業へ出向することになった。
車でも通勤可とされていたのだが、敢えて電車を選んだ。
好きな本を読めるし、音楽も聴ける。
時間帯のせいか、それほど満員にもならない。
強いて不満を挙げるとすれば、各駅停車しか止まらない駅だったことだ。
次の駅で乗り換えれば良いだけの話なのだが、若干面倒なのは否定できない。
季節は冬、吹き曝《さら》しのホームで十分近く待たねばならない。
温かい飲料を買って、かじかむ指先をほぐしながら本を読む。

ああ、面白かった。
「よし、死のう」

次の電車まで残り五分、何も思い残すことはなし。

美しい放物線を描くように、勢い付けて斜め上に飛び込んだほうがいいのかな。

そろそろだ。

いや、待て待て待て、何死のうとしてるんだ俺は。


何も悩んでいることはない。病気を抱えているわけでもない。

どちらかというと、順風満帆な人生を送っているはずなのに、いきなり死にたくなる。

悩みに悩み抜いた末に仕方なく死を選ぶというのなら、分からなくもない。

そういう悩みが一切ないのだ。

その瞬間まで普通に本を読み、音楽を聴き、今晩は何を食べようかなとか考えているのに。

それと同じような当たり前の行動として、電車に飛び込もうとしている。

やはり、何処か悪いのだろう。いわゆる希死念慮《きしねんりょ》という奴か。

自分一人で悩んでいても始まらない。

早めに専門の病院へ行ったほうがいいのかもしれない。

そうやって真剣に悩む毎日だったという。

そんなある日、西川さんは親戚の結婚式に出席するため、久しぶりに郷里に帰った。

小さかった姪が花嫁衣裳に身を包み、両親への手紙を読む姿に涙を流し、ああやはり人生は素晴らしいなどと感動しつつ、祝杯を重ねる。

同じ席にいた両親が心配して声を掛けるほど、飲みまくっていた。

それもこれも、あの訳の分からない希死念慮のせいだ。

ついポロっと悩みを両親に打ち明けてしまった。

その瞬間、両親が口を揃えて言った。

「それ、○○駅か」

勢いに押され、その通りだと答えると、二人は顔を見合わせて黙ってしまった。

「何だよ父さんも母さんも。○○駅がどうかしたのかよ」

二人は周りのテーブルを見渡し、自分達に興味がないのを確かめた上で話しだした。

おまえの叔父さん、亮一。そう、五年前に自殺した人。

あの亮一が、死ぬ何日か前に同じことを言っていた。

ようやく就職が決まった、これからが勝負だなんて言ってたのに、何の前触れもなく、死にたいって思うときがあるって。

それがあんたの言ってる○○駅なの。


すっかり酔いが醒めてしまった西川さんは、二次会に参加することなく両親とともに自宅に戻った。

その場で、私のＤＭに相談してきたのである。

何らかの因果関係があるのは間違いないと思われるので、とりあえず電車通勤を止めて、車にしたほうがいいと返事した。

それからずっと次の連絡を待っているのだが、プツリと途絶えたままだ。

ＳＮＳの更新もない。

単に忙しいだけだと思っている。

（万が一のことを考慮し、駅の実名は記さずにおく）

新鮮

その日、北田さんは喜色満面で駅に向かっていた。

最近できたばかりの彼女が、晩御飯を作ってくれるというのだ。

一人暮らしのマンションに晩御飯を食べに行くということは、上手くいったらお泊まりコースになるかもしれない。いや、向こうもそれを期待しているに違いない。

妄想と期待を口笛に乗せ、スキップしそうな勢いで駅に到着。

二時間も早く着いてしまった。目的地は、ここから四つ目の駅だ。時間にして十五分程度。

手土産にスイーツを買う予定だが、それでも余裕で間に合う。

ところが、思わぬ障害が北田さんを待ち構えていた。

人身事故である。それも、ついさっきこの駅で。

「マジか、くそっ」

ホームにすら上がれない。選択肢としては二つ、このまま駅で待つ。もう一つはタクシーを使う。

その場合、結構な金額になるのを覚悟しなければならない。

が、金額をどうこう言っている場合ではない。約束した時間までに到着しなければならないのだ。

散々迷った結論として、一時間だけ待つことにした。

この判断は正解だった。きっかり一時間後、復旧のアナウンスが流れたのである。

溜まった人が捌けていくには、あと三十分は掛かるだろう。

とりあえず、間に合うのは確定だ。北田さんは、ホームのベンチに腰を下ろして待つことにした。

またもや妄想と期待を巡らせながら、流れる人の群れを見るともなしに見渡す。

ふと、視界の端に妙な物が入った。ベンチの脚に何か貼り付いている。

赤黒い刺身のような物だ。身をかがめ、目を凝らして確認する。

何かの生肉だ。切り落としたばかりらしく、血が滲んでいる。

え。まさかこれって。

飛び込んだ人の肉片とか。

いや、そんなはずがない。何かで読んだことがある。

駅員や警察は、身体を一つ残らず回収するはずだ。

特に警察は、どれほど小さくても見逃さずに拾い集めるという。そもそも、飛び込んだ人がぐちゃぐちゃの状態になることは稀らしい。大抵の場合、跳ね飛ばされて何かに衝突して止まる。

電車に巻き込まれても、綺麗に切断されるため、肉片が遠く離れた場所に貼り付く可能性は殆どない。

ということは、この肉片は何なのか。色合いとしてはマグロの身に近い。

更にじっくりと観察するうち、貼り付いた部分が乾いてきたのか、肉片がぽとりと落ちた。

これは違う。マグロには、このような産毛の生えた皮膚はない。

北田さんは慌てて目を逸らし、ちょうど入ってきた電車に乗った。

肉片のことを考えずにはいられなかったが、目的の駅が近づく頃には、頭の中は彼女で一杯になっていた。

約束の時間ピッタリにマンション到着。

いつもより可愛い服に身を包み、いつも以上に可愛い笑顔で彼女が出迎えてくれた。

何と晩御飯はイタリアンである。

「まずは前菜からどうぞ。マグロのカルパッチョ。ワイン用意してくるから、先に食べててね」

お店で出てきそうな盛り付け方だ。手を付けようとした瞬間、北田さんは見つけてしまった。

マグロに似ているが、明らかに大きさも質も違う肉片がある。

つい最近見た肉片だ。ほら、皮膚も付いている。

いや、そんなはずがない。四つ離れた駅にあった物が、どうやってこの皿の上に現れるのだ。

もしかしたら、知らぬ間に自分の袖に付いていたとか。

悩んでいる暇はない。当面の問題は、この肉片をどうするかだ。

食べるのは論外、残すのも駄目だ。彼女が気付いてしまう。そうなったら、今夜は滅茶苦茶になる。

密かに握りしめ、トイレに行って流すとか。いや、もしも詰まったら目も当てられない。

悩みに悩んだ末、北田さんは肉片をティッシュで摘まみあげ、厳重に包んだ上で己の服のポケットに入れた。

とりあえずはこれで一安心だ。

食事とワインは滞りなく進み、夜が更けていく。

妄想と期待が現実となった。数時間後、北田さんは良い香りのするベッドに横たわり、風呂上りの彼女を待ち構えていた。

何げなく室内を見渡す。己の服が目に入った。ポケットから、肉片がはみ出している。ティッシュから抜け出したようだ。

息を呑んで見つめる。もぞもぞと動いている。

何故、肉片が動くのだ。

北田さんは無我夢中で服を持ったままベランダに出て、逆さにして振った。

ポケットから肉片が零れて落ちていくのを見届け、部屋に戻った。

しばらく様子を見たが、どうやら大丈夫なようだ。

朝を迎え、挽きたてのコーヒーを楽しみながら、さりげなくベランダに出て下を確認する。

その瞬間、思わず呼吸が止まった。

ベランダの柵に肉片が巻きついていたのだ。

それ以来、必ず何処かに肉片がある。テーブルの上、洗面所の鏡、靴の中で見つけたこともある。

これがいったい何の肉なのか、どうして離れようとしないのか、そもそも何故自分が選ばれたのか。

全く見当も付かないという。

今も肉片は新鮮なままで現れる。

いっそ、食べてしまおうか。北田さんは迷っている。

終《つい》の棲家

須山さんは退職を機に田舎暮らしを始めることにした。

まずは家だ。ネットで検索し、片っ端から調べていく。

妻の敏子との二人暮らしだから、部屋数は少なくていい。

縁側と土間のある平屋、それと広々とした庭は必須条件だ。

ただし、水回りは最新型が良い。風呂もリフォームされてないと困る。

友人達との付き合いは続けたいから、今現在の住まいに近い場所にしたい。

我ながら勝手極まる希望ばかりだが、幸いにも全ての条件を満たす物件が複数見つかった。

次は周辺の環境で絞り込む。買い物が楽で、病院が近いもの。

これで二つ残った。

一つ目は山間《やまあい》の村、二つ目も山間の村だが、こちらの方が町に近い。

更に絞り込むため、須山さんは実際に現地へ向かった。

自分の目で確かめるのが、最善の方法である。周辺の住人や雰囲気、余所《よそ》者への対応などは、文字や画像では確認できない。

結果として、最後まで残ったのは二つ目の物件だった。

早速、契約を済ませ、とりあえず週末を過ごしてみた。

須山さんは、都会とは全く違う夜に心から感動した。敏子さんも気に入ったようだ。

終の棲家として満点であった。


週が明け、須山さんは敏子さんとともに引っ越しの挨拶に向かった。

右隣の家までは十メートル程だが、空き家である。

左隣は二十メートル程、こちらは野田という高齢女性の一人暮らしだ。

二人を見て、野田さんは驚いていた。移住してくる人間がいるとは思いもしなかったらしい。

野田さんは村で生まれてから、一度も外に出たことがないという。

夫が亡くなって既に二十年になる。息子と娘が一人ずつ、いずれも町で暮らしているそうだ。

一人暮らしには慣れたが、近所に人がいるのは心強いと喜び、野田さんは山盛りの野菜を譲ってくれた。

良い環境、良い隣人。

須山さんは、改めてこの家を探し当てた幸運に感謝した。

いよいよ本格的な田舎暮らしのスタートである。

まずは、家の手直しからだ。水回りはリフォーム済みだが、それ以外はまだ古びている箇所が多い。

土壁の塗り替え、障子の張り替え、床の補強等などやることは山盛りだ。

元々、日曜大工は大好きだ。道具も一式揃えてある。正直、楽しくて仕方がない。

須山さんはこつこつと作業を進めていった。


初夏の香りが漂い始めた朝。

須山さんは最も気にしていた箇所に取り掛かった。大掛かりな作業になるため、頃合いを見計らっていたのだ。

実はこの家、何故か玄関が二つある。勝手口ではない。それは別に一つある。

横長の家屋の南端に、全く同じ作りの玄関が二つ並んでいるのだ。

間口と奥行きが広く、ゆとりのある土間もそっくりそのままだ。

置いてある沓脱石《くつぬぎ》も下駄箱も全く同じ物に見える。

二つの玄関はちゃんとした壁で仕切られている。この家の下見に同行した不動産業者も、理由が分からないようだった。

下見の帰路、気付いたのだが、何と全ての家に玄関が二つある。

この辺りの風習なのかもしれないが、その時点では気にするほどのことでもないと判断した。

だが、暮らし始めると、やはり気になる。不要のものだとしか思えない。

一方が全く使用されていないため、来客用というのでもなさそうだ。

須山さんは、こういった役に立たない意味不明の物が大嫌いな性分である。

考えた末、ウォークインクローゼットに改造することに決めた。

間の壁に扉を付け、下駄箱は撤去し、引き戸は内側から木製パネルで塞ぐ。

床は除湿を施した後に板を敷き詰め、照明器具を取り付けて完成だ。

素人仕事とは思えない程の出来上がりである。

敏子さんも、見事な出来栄えに歓声を上げた。

暮らし始めて半年が過ぎた頃。

村の暮らしの先生であり、親友でもあった野田さんが亡くなった。

八十八歳とは思えない達者な人だったが、風邪を拗《こじ》らせたらしい。

葬儀は村の互助会が運営するとのことだ。

須山さんは互助会員ではなかったが、普段からの交流のおかげで参加させてもらえた。

粛々と葬儀は進み、出棺のときがやってきた。

互助会の面々が棺を担ぎ、玄関に向かう。

このとき、須山さんは初めて玄関が二つある理由を知らされた。

棺は、普段使わない玄関から出ようとしている。

須山さんは近くにいた男性に訊いてみた。

「あの、玄関が二つあるのって、こういうときに使うためですか」

男性は親切に教えてくれた。

「右側は亡者専用の玄関なんだよ。そこ以外から出すと、すぐに戻ってきて成仏できない」

古くから伝わるやり方だという。

ああなるほど、そういう理由か。葬儀のときにしか使わないなら、不動産業者が知るはずがない。

だとすると、そこを潰してしまったのはまずかったかもしれない。

不安を抱えながら、須山さんは帰宅した。

出迎えた敏子さんに、二つの玄関の理由を教えた。

自他ともに認める楽天家の敏子さんは、地元の人間じゃないし、宗教も違うから大丈夫よと笑った。

言われてみればその通りかもしれない。

須山さんも、余計な心配だったなと自らを笑った。


田舎暮らしを始めてから二年後。

須山さんは最愛の妻を亡くした。

少し体調が悪いといって寝込んだ敏子さんは、再び目覚めることはなかった。

元々、不整脈や高血圧などを抱えていたのだが、酷暑が心臓に負担を強いたらしい。

葬儀当日、須山さんは泣くことも忘れて、敏子さんの棺を見つめていた。

互助会の手は借りられないが、身内や友人が沢山集まってくれた。

無事に葬儀を終え、町の料理屋で会食を済ませた後、ただ一人帰宅。

明かりの消えた家を見た途端、忘れていた涙が溢れ出てきた。

玄関を開け、明かりを点けながら居間に向かう。

お気に入りのソファーに敏子さんが座っていた。

生前と同じ姿で、繕い物をしている。入ってきた須山さんには気付かないようだ。

あのときの男性の言葉が頭に浮かんだ。

「右側は亡者専用の玄関なんだよ。そこ以外から出すと、すぐに戻ってきて成仏できない」


玄関、潰して良かったな。

須山さんは、そう呟いた。

敏子さんを眺めながら、コーヒーを味わう。

こうやって暮らしていくのも悪くないか。


そのときは、そう思ったのだが、最近になって不安が消せなくなったという。

自分が死んだときも、この家に戻ってくるだろう。

二人ともここから離れられないわけだ。

問題は一つ。果たして、この家がいつまであるか。廃屋になるならまだしも、取り壊されたらどうなるのか。


今日も敏子さんはソファーで繕い物をしている。

それを見つめながら、須山さんはこんなことを思っているそうだ。
今のうちにこの家を売って、何処かの老人ホームで余生を過ごすのもありだな。

ベランダ人

浜本さんは、駅前にあるワンルームマンションで暮らしている。

築年数が二桁の物件で、正直なところ不便な点も多数ある。

好立地と賃貸料の安さだけが売り物のマンションだ。

そのせいか、居住者は少ない。浜本さんの部屋も、左右が空き室だ。入居時からずっと空いたままである。

気楽なのは確かだが、防災や防犯の面から見ると、些《いささ》か不安もある。

ある年の春、その不安が一気に解消された。

両方ともに借り主が決まったのだ。

右の部屋には、田沼と名乗るサラリーマン風の男性。年格好は浜本さんと同じぐらいだ。

左には岩倉という中年の女性が入った。

どちらも引っ越しの挨拶に来たのだが、田沼は物静かな印象、岩倉は人の良さそうなおばさんといった感じだった。

隣人トラブルとは無縁の存在に思える。

実際、引っ越してから数日は、それまでと何ら変わらない日常を過ごせていた。

ところが七日を過ぎた頃から、徐々に様子がおかしくなってきた。


切っ掛けは田沼の訪問である。

夜八時を過ぎた頃、玄関が控えめにノックされた。

ドアスコープで確認すると、田沼が立っていた。

「こんばんは。何か御用ですか」

ドアを開け、声を掛ける。数秒の沈黙の後、田沼が目を逸らしながら言った。

「あの、変なことを訊くんですけど」

どうぞと先を促す。

落ち着かない様子で辺りを見回しながら、田沼は話し始めた。

「このマンションって、事故物件じゃないですかね」

普段、田沼とは朝晩の挨拶程度しか付き合いがない。

突然の異様な質問に戸惑いながら、浜本さんは質問を返した。

「何故そう思うんですか」

「あのですね」

田沼は声を潜めて話し始めた。

夜になるとベランダに人が立つんです。

ここ、五階じゃないですか。下から登ってくるにせよ、屋上から下りてくるにせよ、外から丸見えだと思うんです。駅のホームからも見えるし。誰にも見つからずに入ってくるなんて不可能ですよ。でも、いつの間にか立ってるんです。

「それだけで事故物件って、ちょっと乱暴ですよ。もしかしたら、マンションの住人かもしれない。ベランダ伝いに渡ってきたとか」

そう反論した浜本さんに、田沼はムキになるでもなく言葉を足した。

「僕ね、色々と訊いて回ったんですよ。ここで事故とか自殺とかなかったですかって。そしたらね、何もなかった」

「だったら」

「だからこそ怖いんです。事故物件のほうが良いですよ。出る理由あるんだから。何もないのに立たれてるほうがヤバいでしょ」

確かに、田沼の言うことにも一理ある。事故物件かどうかより、強盗の可能性のほうが怖い。

「あの、ちょっと良いかしら」

ドアを開け、岩倉が顔を覗かせた。

「ごめんなさいね、立ち聞きするつもりはなかったんだけど。あたしんとこにも出るのよ。夜の八時頃なんだけど。同じ奴かしら」

だとすると、二人の話をすり合わせれば何か分かるかもしれない。

「どんなのが出るか、二人とも教えてください」

年齢は分からないが、着ている服から察するに若い女性。長い髪で俯いているから、顔も分からない。何かするでもなく、ただ単に立っている。

「立っているだけなんですか」

「何よ。それだけでも十分怖いわよ」

とりあえず、同じものが立っていることは確かなようだ。

浜本さんは己の記憶を探ってみた。

この物件を紹介されたとき、事故物件がどうこうは言われていない。

今までに、そのような目に遭ったこともない。

「僕のところは何もないんですけどね」

その途端、二人とも驚いた顔で言った。

「え。浜本さんのところにもいますよ。物凄い奴」

「そうよ、あたしらのと違って朝から晩まで立ってる。最初見たときびっくりしたもの。ぎゅうぎゅう詰めで何やってんだろって」

一人二人ではないらしい。少なくとも二桁が四六時中立っている。中に一人、背の高い奴がいる。

「あれは怖いな」

「そうね、あれはちょっと他のと違うわ」


とりあえず、管理会社と話し合ってみようと決まった。田沼も岩倉も、結果次第ではすぐにここを引き払うつもりらしい。

浜本さんは自室に戻り、ベランダを見つめた。

自分の姿が窓に映っている。

明かりを消すと、夜景が見える。それ以外、何も見えない。

二桁以上いるとかいう奴らも、背の高いのも見えない。

本当にいるのだろうか。

二人が協力して騙しているのでは。

不安になっている自分に苛つき、浜本さんはベランダに向けて怒鳴った。

「そこにいるなら何かやってみろよ」

その瞬間、窓に無数の手形が付いた。

そのうちの一つは、三十センチ以上の大きさがあった。

結局、そのようなものが現れる原因も、自分の部屋だけ特別な理由も分からないままだ。

我慢できなくなったのだろう、田沼も岩倉も引っ越していった。


実のところ、未だに浜本さんは引っ越していない。

ずっとその部屋で暮らしている。

これといって実害がないというのが主な理由だ。

時々、無性に怖くなるのだが、五分も経たないうちに気持ちが落ち着いてしまう。

また何日か経つと怖くなる。すぐに気持ちが落ち着く。

その繰り返しらしい。

黒い家

三上さんが暮らす町内に、その家はある。
事情を知っている者からは、黒い家と呼ばれている。
と言っても、見た目が黒いわけではない。壁は白、屋根瓦は灰色だ。
黒は一箇所もない。
ならば何故、黒い家と呼ばれるのか。理由が些か変わっている。
この家で死ぬと身体の何処かが黒くなるというのだ。
小さな生き物、例えば猫や小鳥などは全体が真っ黒になる。
これ、白猫だったんですと見せられた画像が、どう見ても黒猫だったりする。
住んでいるのは河野という一家だ。夫婦と娘が一人、父方の祖父が一人。
この河野家が何かやらかした結果、祟られたというわけではない。
至って普通の一般家庭だ。
祖父は、この土地のせいだと決めつけている。何度か夢で見たらしい。
神様以上の何かが、下の、更に下のほうにいて、死んだものを生贄《いけにえ》として扱う。

その証拠として黒くするそうだ。

ちなみに、家族全員が黒い家と呼ばれているのは知っている。

知っていながら、何も対策していない。相手が神様以上の存在なら逆らっても無駄だし、今のところ特に困っていないからだ。


つい最近、娘さんが急死した。

流行り病に侵された結果、ウイルス性の肺炎が急速に悪化し、若くして亡くなってしまった。

病院の安置室では何ともなかったのだが、自宅に搬送された直後、家族が見ている前で遺体に変化が現れ始めた。

足の先から徐々に黒くなっていく。踝《くるぶし》から脹脛《ふくらはぎ》、膝から太腿へと黒が移っていく。

腹を通り、胸まで黒くなり、残るのは首から上だけとなった。

このとき、何を思ったか、母親が娘に跨《また》がって首を思い切り絞めた。

何をするのかと止めに入る父親を振り払い、更に強く絞めようとする。

「顔は、顔だけはこのままにしたいのよ」

首を絞めれば、顔は綺麗なままにしておけると思ったらしい。

残念ながら、母親の願いは叶えられなかった。

葬儀の間、棺は一度も開けられることなく、火葬場に向かった。

何と、骨まで真っ黒だったという。

村越家のルール

村越家の長女、沙友里さんから聞いた話である。

村越家の朝は、他の一般家庭と少し違っていたという。

全員が一斉に目を覚まし、身支度を調えてから居間に集まってくる。

家族四人が揃ってから、二人ずつ居間に足を踏み入れる。

食事を済ませ、また二人ずつ居間から出ていく。

奇妙な行動だが、長年続けているせいか、ごく自然にやっている。

これは、村越家独自のルールである。ルールといっても、それほど難しい内容でない。

居間で一人きりにならない。基本になるのはこれだけだ。

それを守るために、日常生活において様々な制約が生じる。

朝の奇妙な行動もその一環である。

必ず二人以上で出入りする。他に誰もいなければ、居間に入るのを止める。

仕事やアルバイトなどで、夜遅くに帰宅したときは、居間には入らずに自室で食事をする。

そのせいで、弟の秀太の部屋は買い置きのカップ麺だらけだ。

幸い、台所や風呂、トイレなどは居間を経由せずに利用できるため、気を付けてさえいれば大丈夫だ。

ちなみに、このルールが生まれたのは今から十年前。

即ち、この家が建てられたときまで遡る。

二〇一四年五月、完成した家が引き渡された。

設計士との綿密な話し合いと、腕の良い工務店のおかげで、家族全員が満足できる家になった。

爽やかな気候も相まって、新生活は順風満帆でスタートしたのである。

このときはまだ、居間ルールはなかった。

六月一日、日曜日。

朝から村越家は大忙しだった。

父方の祖母が、新築祝いを持っていくからと連絡してきたからだ。

父はいつもと変わらぬ様子だったが、母は数日前からピリピリしていた。

下手に声を掛けようものなら、物凄い視線が返ってくる。

常日頃は穏やかなだけに、その苛つき具合が手に取るように分かった。

母がそうなってしまうのも無理はない。祖母は、悪口しか言わない人間だった。

例えば食事。不味い、口に合わないなどのありふれた文句に加え、寿命を縮める味とか、畑に撒いたら作物が腐るとか、留まるところを知らない。

斯様《かよう》に祖母は、罵詈雑言《ばりぞうごん》の宝庫だった。

生活の全ての場面で、祖母は息をするように罵詈雑言を吐き散らかす。

二泊三日の予定だが、その間ずっと聞かされるわけだ。

一番の犠牲者が母である。他の家族が仕事や学校で不在中、母は祖母と二人きりで過ごさねばならない。

優しく穏やかで、他人の悪口を言ったことがない母にとって、祖母は存在そのものがストレスであった。

玄関前に車が止まった。

常日頃、膝の痛みに悩まされている祖母は、何処に行くにもタクシーを使う。

父がドアを開けた途端、祖母の第一声が聞こえてきた。

「あんたにしては頑張ったほうじゃない。ただ、壁の色が下品ね。ま、我慢できる範囲だから良しとするわ」

沙友里さんの目の前で、母は不快な表情を隠そうともしない。

徐々に祖母が近づいてくる。

「安い木ねぇ。床もミシミシうるさいし。あんた、大分ケチったんじゃない？」

これを笑いながら言う。本人は冗談のつもりだから、余計に質が悪い。

祖母が居間に現れた。少し、いやかなり痩せたようだ。一瞬、誰か分からなかった程である。

「あら皆いたのね。迎えに来ないからいないかと思ったわ」

沙友里さんは一々相手にしないと決めている。母の盾になるべく、率先して話しかけた。

「おばあちゃん、いらっしゃい。長旅、疲れたでしょ」

「ほんと、幾ら安いからって、こんな端っこに建てられたら堪ったもんじゃないわよ」

よくもまあ、次から次へと悪口が出てくるものだ。沙友里さんは、心底から感心したという。

それから後も、祖母の悪口は留まらなかった。

申し訳ないと思いつつ、沙友里さんは父と母に後を任せて自室に逃げ込んだ。

翌日も祖母は朝から全開である。

「年寄りにパンとジャムはしんどいわよ。日本人なら御飯と味噌汁。塩っ辛いのは駄目よ、薄味でね。常識でしょ。いつも何食べさせてんのよ」

母はこれと今日一日を共にするのか。大丈夫かと心配になるが、居残るわけにはいかない。

今日のゼミは、どうあっても休めない。

心の中で土下座しながら、沙友里さんは大学に向かった。


友人の誘いを断り、沙友里さんは急いで帰宅した。

一刻でも早く、母の盾にならねば。その思いで一杯である。

ドアを開けた途端、祖母の笑い声が聞こえてきた。

どうやら機嫌は良いらしい。少し安心し、居間に向かう。

祖母はソファーに横たわり、テレビを見て馬鹿笑いしていた。母は何処にもいないようだ。

「あらお帰り、沙友里ちゃん」

「ただいま。あの、お母さんは」

「あー、お使いに行ってもらったわ。食べたい物があってね、あの人じゃ作れそうにないから」

怒鳴りつけたい気持ちを必死に抑え、沙友里さんは自室に引きこもった。

あと一日の我慢だ。どうせあのババアのほうが早く死ぬんだから。

そう呟きながら大好きな漫画に集中し、時間を潰した。

母は、相当遠くまで行ったらしい。帰宅するまで二時間近く掛かった。

その間に祖母は、近所のスーパーで買ってきた饅頭を四つ食べている。

満腹なはずなのに、母が買ってきた総菜を全て平らげ、珍しくも礼を言った。

「美味しかったわ。ありがとうね、遠くまで。これでもう思い残すことはないわ」

家族全員が耳を疑ったという。


翌朝。

祖母が居間で首を吊っていた。

残された遺書には、病気で余命宣告を受けていたと記されていた。

最後は息子の家で死ぬ、ここなら死んだあとも大切にしてくれるだろうとも書いてあった。

葬儀を終え、ようやく村越家にいつもの穏やかな時間が戻ってきた。

祖母のことは大嫌いだったが、あれはあれで可哀想な人だったのかもしれない。

沙友里さんのその言葉に、家族全員が頷いた。

葬儀から三日目のこと。

夜遅くに帰ってきた秀太が居間で悲鳴を上げた。

「ばあちゃんがソファーで寝てた。夜遊びも程々にしなさいって怒られた」

震えながらそう言った。

それが始まりである。

次に出会ったのは沙友里さんだ。コンパで遅くなった夜、この不良娘がと怒鳴られてしまった。

そうやって家族全員が、祖母に出会うまで二日も掛からなかった。

場所は秀太のときと同じくソファーの上だ。

横になったまま、何かと文句を付けてくる。

不思議と、一対一のときしか現れない。二人以上いたら出てこないと判明した。

生前、一人に対してネチネチとしつこく言っていた人だったから、分からなくもない。

居間で一人きりにならないというルールは、このときに制定されたのである。

現在もこのルールは厳守されている。

したがって、祖母が今でもいるかどうかは分からない。

沙友里さんは大学を卒業し、社会人として一人暮らしを始めている。
弟の秀太は転勤が決まり、来年早々に家を出ていく。
そうなったら、居間は物置として使うらしい。
死んだあとも大切にしてほしいそうだが、残念ながらその願いは叶えられそうにない。

踊る影

安川さんは一人暮らしをしていた頃、妙な怪奇現象に悩まされたことがある。
その当時、住んでいたのは2LDKのマンションだ。
八畳間が和室になっており、押し入れも襖が入っていた。
毎晩九時十三分になると、その襖に影が映るのである。
その影は、ぼんやり立っているわけではなく、バタバタと忙しなく踊る。
ダンスは全く知らない安川さんだが、踊っているとしか思えない動きらしい。
両手を挙げたかと思えば、すぐに下ろしてまた挙げる。
腰をグルグル回し、前後に動かし、一瞬たりとも止まらない。
五分ぐらい掛けて緩やかに終わるのだが、毎晩見ているうちに慣れてしまったという。
時には揶揄《からか》い半分で、真似をしたこともあるそうだ。

つい最近、よく通う酒場で安川さんは厭なことを知った。
そこで知り合った男が凄いものを見せてやると言って、スマートフォンを目の前に置いた。

世界各国のグロ映像を集めたサイトから拾ってきた動画だという。

その動画は、自殺者が自らの死を配信したものだった。

首を吊ったところから始まり、息絶えるまでが映し出されている。

「な、凄いだろ。人間ってさ、首吊ってもなかなか死なないんだ。無意識に助かろうとするのかな、身体だけが抵抗するんだよ。何か踊ってるみたいだな」

吊られた首を支点にして、腰が前後左右にグルグルと動く。縄を外そうとするのか、両手を挙げ、すぐ力尽きて下ろす。また挙げる。下ろす。

徐々に動かなくなっていく。


ようやく、あのときの踊る影の正体が分かった。

しつこい香水

益田さんの夫、哲也さんは誰が見ても完璧な男性である。

外見はいわゆるイケメンではない。どちらかというと厳《いか》つい印象があるのだが、それだけに笑顔との落差が堪らない。大柄だが、所作が優雅で荒っぽさがない。

声も良い。やや低めで柔らかな声は、耳に心地よく入ってくる。

妻を大切にし、時に友人とバカ騒ぎするが破目は外さず、浮気などとは無縁の存在だ。

益田さんが自慢したがるのも無理はない男性である。


ある日のこと。

いつものように洗濯機を回そうとした益田さんは、何処からか漂ってくる香りに気付いた。

甘いような刺激的なような、何とも言えない独特な香りだ。

嗅覚を頼りに出所を探したところ、汚れもののカゴに辿り着いた。

一枚ずつ取り上げて嗅いでいく。夫のＴシャツが臭っている。

益田さんは少しの間、Tシャツを見つめて原因を考えた。

何処かで付いたのは確かだ。こんな匂いの香水は我が家に置いていない。

満員電車とか、出先で付くのも有り得ない。

夫は店まで車だし、途中で市場に買い出しに寄るから、余分な時間はない。

予定外の場所に立ち寄っていたら、開店に間に合わない。

開店から閉店までは、ずっと店にいる。帰宅する時間も同じ。

たまの休みは私と出かけるか、家にずっといるか、友人達と飲みにいくかだ。

一人きりで何処かに行くことがない。

だから、こんな香りが付くような現場が見当たらないのだ。

しかもこのTシャツは、夫が店で着ている制服のようなものである。

無理矢理付けるとしたら、店にいる間に夫に抱きつくぐらいしか手段がない。

どう考えても有り得ない。


帰宅した夫は、まず風呂に向かう。

しばらくして上がってきた夫は、開口一番こう言った。

「何か甘ったるい匂いしたけど、芳香剤使ったの？」

夫に心当たりがないのは、これではっきりした。

香りが付いた原因は不明のままだが、とりあえずは気持ちが落ち着いたという。


翌朝のこと。

可燃ゴミを出して戻る途中、益田さんは同じ町内の塚本さんから声を掛けられた。

塚本さんは早朝にも拘わらず、キッチリと服装を決め、派手な化粧もしていた。

何処かへ出かけるわけでもなさそうだ。

「御主人、今日はお休みなの？」

何でそんなことを訊くのだろうと不審に思ったが、とりあえず笑顔で頷く。

「いつも朝から大変よねぇ、たまのお休みだからゆっくりされるといいわね」

あんたに言われなくても、そうしてもらうつもりだよ。

本音を飲み込んで、お礼を言って立ち去ろうとした瞬間、益田さんは気付いた。

この塚本というおばちゃんから、あの香りが漂ってくる。

気のせいだと思ったが、鼻には自信があるほうだ。しかも、こんな安っぽい独特な香水、間違えるわけがない。

だが、何故。どうやって夫のTシャツに近づけた。

洗濯物は基本的に屋内干しだし、Tシャツは特に気を付けて干す。

触る機会は絶対にない。


自宅に戻り、改めて考えてみた。

やはり、触れるチャンスはゼロだ。気付かれずに家に入ってこられるなら別だが。

そんなことができるはずもない。

できるとしたら、透明人間か生き霊か。

そこで思考が止まった。生き霊。そうか、その線かもしれない。

何をバカげたことを。

いやでも。

この繰り返しだ。このままでは何もできないと判断した益田さんは、買い物に出た。

盛り塩用の天然塩と受け皿を購入し、自宅に設置してみた。

それともう一つ。悪霊退散の願いを込めたお札を神社で購入して帰り、夫のTシャツの内側に貼り付けておいた。場所でいうと、肩甲骨の下辺りだ。


翌日。

例によってゴミを出して帰る途中、お隣の堀田さんに話しかけられた。

「昨日、救急車来てたでしょ」

「ああ、来てましたね。あれ、何処だったたですかね」

「塚本さんよ。何だか酷く火傷したらしいのよ。うつ伏せで運ばれていったから、背中よね」

何と。お札恐るべし。益田さんは胸の中で叫んだ。

やはりあのおばさんだったか。しばらくは出てこないだろう。

これで一安心。

予想通り、その日から臭うことはなくなった。


それから半年後。

益田さんは元気な赤ちゃんを産んだ。

哲也さんに目鼻立ちが良く似ていて、素敵な男の子に育つのは間違いなしである。

退院し、自宅で育児を始めて三日目のこと。

赤ちゃんの肌着から、あの香水が匂ってきた。

猿専用

今年の初夏の頃。

内藤さんは祖父が暮らしていた家を譲り受け、かねてからの夫婦の夢だった田舎暮らしを始めた。

特にリフォームなどはしていない。古い民家のままである。

色々とガタが来ている箇所を手直しするのも、楽しみの一つだ。


その朝、内藤さんは押し入れの天袋の補修に取り掛かった。

薄いベニヤ板を外した途端、気が付いた。

屋根裏に一筋の光が差し込んでいる。ということは、何処かに穴が開いているのかもしれない。

雨漏りや害虫の被害を防ぐほうを先にやってしまうのは当然だ。

内藤さんは、懐中電灯を携えて屋根裏に上がった。

現場を撮影し、後で確認するため、スマートフォンも持っている。

細い道のような光を辿っていく。埃が積もっているが、梁《はり》は太くしっかりしていて不安なく進める。

見えてきた。

位置関係から察するに、台所付近。勝手口の上辺りだ。

何とも意外な物がそこにあった。

出入り口である。

縦が五十センチ、横が三十センチぐらいで、キチンとした引き戸が付いている。

少し隙間が空いており、そこから光が差し込んでいたようだ。

換気用としては大きすぎる気もする。ここまで丁寧な引き戸にする必要もない。

第一、開け閉めが大変だ。一々、屋根裏に上がるはずがない。

人が出入りするには小さい。到底、大人が入れるサイズではない。小学生ぐらいが関の山だ。

となると、やはり通気口か。

或いは実際に使われるものではなく、何かの飾りかもしれない。

「こいつはなかなか面白いね」

内藤さんは、にんまりと微笑みながら引き戸を撮影した。

試しに動かしてみる。ちゃんと戸車も付いており、カラカラと軽やかな音を立てて開閉できる。

作りは本物の引き戸と同じだ。

丁寧な仕事だなと感心し、内藤さんは開閉の様子も動画に録った。

洗濯を終えた妻の寿子さんに、撮影した画像と動画を見せる。

最初は面白がっていた寿子さんが、急に眉を顰《ひそ》めた。

「これ、引き戸の向こう側に何かいたよ」

撮影したときは気付かなかったが、カラスか何かだろうか。

もう一度、再生開始。

「ほら、今のところ」

寿子さんが指摘したのは、動画の終わりのほうだ。

戸が閉まる一瞬、何か黒い影が映っていたという。

スローで再生し、該当の場面付近でコマ送りにしていく。

それらしき画面で停止。

寿子さんが言った通り、確かに何か映っている。

外にいたのなら、陽の光を浴びているはずなのだが、何故かそれは影のように真っ黒のままだ。

シルエットは強いて言うなら、座っている人だ。

けれど、そんなものが近づいてきたら、さすがに物音で気付く。

首を捻って考える内藤さんの隣で、いきなり寿子さんが悲鳴を上げてしゃがみ込んだ。

「どうした」

「人の顔の猿が映ってた」

内藤さんが何度見ても、それらしきものは確認できない。

寿子さんは気分が悪い、横になるといって寝室に入ってしまった。

内藤さんは、もう一度天井裏に上がった。

先ほどと同じように光の筋が差し込んでいる。

閉めたはずだが、風が開けるのだろうか。

鍵でも付けたほうが良いかもしれない。

色々なことを考えながら、引き戸を目指して梁を歩いていくうち、妙なものを見つけた。

積もった埃に点々と、小さな丸い跡が付いている。

こんなものはなかったはずだ。さすがにここまで明確に残っていたら気付いただろう。

丸い跡は、あの引き戸から続いている。

先ほどの妻の言葉を思い出した。猿の足跡は見たことがないが、もしかしたらこれがそうかもしれない。

とりあえず引き戸に近づき、再度、しっかりと閉める。

戻る途中で何度も振り返り、閉まっているのを確認してから下りた。

押し入れを閉めた瞬間、頭の上でトトトと小さな足音が聞こえた。

しばらく迷ったが、もう一度屋根裏に入る気にはなれなかった。


一旦、外に出て裏に回る。

勝手口の庇《ひさし》が邪魔して、引き戸が見えない。

少し離れてみた。今度は木が遮る。

どうやっても見えない絶妙な位置にあるようだ。

軒先に梯子《はしご》が吊るしてあったのを思い出した。

古いが、まだしっかりしている。梯子を掛け、そろそろと上がっていく。

おかげで、ようやく確認できた。

外側の引き戸には、墨で贄《にえ》と記してある。どういうつもりで書いたのか、想像も付かない。

妙なことに、また開いている。

見ていたら、無性に苛ついてきた。内藤さんは一旦、梯子を下りて釘と金槌を用意した。

再度梯子を登っていき、庇《ひさし》に乗り、慎重に引き戸に近づく。

二度と開かないよう、引き戸に釘を打ち込んだ。

スッキリしたところで、情報を集めることにした。


真っ先に頭に浮かんだのは、隣家の菅原さんだ。

村で生まれ育った菅原さんなら、土地固有の習わしに熟知しているはずだ。

手土産を提げて訪ねると、ちょうど洗濯物を干し終わったところらしい。

屋根裏の引き戸のことを訊いてみた。さすがに人面の猿のことは言い出せない。

「屋根裏に扉があるの？　ちゃんとした引き戸の？　……聞いたことないわね」

目を丸くして話を聞いていた菅原さんは、ゆっくりと答えた。

この人が知らないなら、誰に訊いても一緒だな。諦めるしかないか。

礼を言って立ち去ろうとした内藤さんを菅原さんが呼び止めた。

「一つ、思い出したことがあるわ」

あの家の元々の持ち主、北野という一家にまつわることだという。

「北野さん、奥さんに逃げられたんだけどね、いなくなる一週間ほど前に奥さんから変なことを言われたんだって」
信じてくれないだろうけどと前置きし、菅原さんは北野さんの身に起こった出来事を話し始めた。

奥さん、美津子さんっていうんだけど。
ある日、繕い物をしている最中、玄関に誰かが来たんだって。
その誰かが、大きな声で「美津子ーっ！」って呼んだらしいの。
何処かで聞いたことのある声でね。
「はーい今行きます」って返事して、玄関に向かったんだけど。
土間にね、人間の顔の猿が座ってたって言うのよ。
十年前に亡くなった美津子さんのお父さんそっくりの顔。
猿はニタニタ笑いながら言ったんだって。
「迎えに来た」
美津子さん、その話をした翌日にいなくなったそうよ。
そういえばあの頃、北野さんは屋根に上ってたわね。

引き戸を作ってたのかしら。

「実際のところは分からないけど。北野さんもいなくなったし」

「いなくなった」

「そう。急にいなくなったの。家財道具全部残して。息子さんが町で暮らしてるんだけど、こっちに戻る気はないって言って、あの家を売ったのよ」

結局、わけが分からない情報が手に入っただけだ。

亡くなった人に良く似た顔を持つ猿が現れた。

その猿が、迎えにきたと言うらしい。

玄関先で呼ばれても返事をしてはならない。返事をした人がいなくなる。

俄《にわか》かには信じられないことばかりだ。

そもそも、その猿は何なのか。狐狸《こり》妖怪の類なのか、それとももっと高位の存在か。

屋根裏の引き戸の理由も曖昧だ。贄という字を書いてある意図も分からない

あんな所から入っても、できることはないだろう。

いや、一つある。階下に下りなくてもできること、というか下りないほうがいいこと。

部屋の監視だ。
馬鹿な、猿が何でそんなことをする。
決まってるだろう、下にいる人間の情報を知るためだ。
次から次へと妄想が繋がっていく。
内藤さんは頭を振って妄想を振り払った。
くだらない。その北野という人物がでっち上げた話かもしれない。
いずれにせよ、情報が少なすぎる。
それよりも今は、妻の容態のほうが心配だ。内藤さんは帰路を急いだ。
家が見えてきた。玄関が開いている。
回復したのか、寿子さんが立っていた。
「ただいま。気分はどうだい」
寿子さんは一点を凝視したまま、何も答えようとしない。
「おい、どうした」
その途端、寿子さんはその場にしゃがみ込んで震えだした。
「猿。猿が。お父さんの顔の」
内藤さんは寿子さんを無理矢理立たせ、部屋に連れ帰った。

ベッドに寝かせてからも、寿子さんは猿、猿がと言い続ける。

二日後。
ほんの少し目を離した隙に、寿子さんは姿を消した。
それきり未だに見つかっていない。
警察にも通報したし、自らの足で探し回ったが、何の手掛かりも掴めていない。
内藤さんは、一度は家を売り飛ばそうと考えたらしいが、実行には移さなかった。
妻の顔をした猿が迎えに来るまでは住み続けるそうだ。

幸せ仲間

その日、遠山さんが出勤すると、同僚が三人集まって何やら盛り上がっていた。

スマートフォンを見せ合っているようだ。

何をしているのか訊くと、一人が自分のスマートフォンを差し出した。

何処かの風景が表示されている。

幸運を招く待ち受け画像だという。

「凄いんだよ、これ。俺、宝くじ当たった」

「私、資格試験に合格した」

「僕は片思いだった女性から告白された」

次から次へと幸運が発表されていく。

全て事実ならば、とんでもなく優秀な待ち受け画面だ。

興味を覚えた遠山さんは、もう一度じっくりと見せてもらった。

森の中の家だ。洋風の二階建てだが、かなり古びている。

白い外壁は苔やカビだらけだ。廃屋と言ってもいい状態である。

家の中央に玄関、その両隣に窓。
両方とも窓際に人が立っている。奇妙なことに、どちらも全く同じ人だ。
髪の長い女性だが、顔がまともではない。右半分が溶けたように歪んでいる。
それが笑顔にも泣き顔にも見える。
周辺の窓枠や壁は正常に写っている。ということは、カメラの不調ではないのだろう。
合成だとすれば、かなりの技術に思える。
それにしても、こんな不気味な画像が本当に幸運を招くのだろうか。
遠山さんは正直に訊ねてみた。
「何言ってんだ。これが良いんだよ」
「ちょっと怖いけどね、幸運には変えられない」
「僕は彼女にも勧めたんだ。最初、嫌がってたけど今はとても感謝されてる」
どうもおかしい。顔つきが狂信者のそれになっている。
相手をするのは止め、遠山さんは仕事に取り掛かった。
昼食時、またしても三人は盛り上がっていた。
閉口する遠山さんの前に、同じ部署の勝田が座った。ちょうど良いタイミングだ。
遠山さんは、三人を顎で指して訊いた。

「なあ、あれってさ」

「ん？　ああ、幸運の画像って奴か」

「あれ、本当に幸運の画像なのか。どう見ても心霊写真なんだけど」

勝田は鼻で笑い、こんなことを言った。

「その通り、あれは心霊写真だ。俺も待ち受けにしてる。ただ、待ち受けにするだけじゃ駄目なんだ。しばらく待ち受けにしておくと、あの女が笑ってくれる。そうじゃなきゃ駄目なんだよ。おかげで俺は昇進が決まった」

女に微笑まれた者は、常日頃の願望が叶うのだという。

逆に泣き顔になることもある。そのときは、とんでもない不幸が襲ってくるそうだ。

待ち受け画像が笑うとか泣くとか、まるで意味が分からないが、勝田は何一つ説明してくれない。

自分でやれば分かる、是非ともやるべきだと勧めてくる勝田は、あの三人と同じく狂信者の顔になっていた。

遠山さんが調べたところによると、宝くじは当たっていない。資格試験も合格していない。彼女もできていない。勝田に昇進の話などない。

それでも皆、幸せを披露し合っている。
今では、二桁の人間が幸せを手に入れた。特に困った事態にはなっていない。
むしろ、笑顔に溢れた素晴らしい職場に変わった。
実を言うと、遠山さんも画像を貰ってある。
設定すれば幸せ仲間になれるのだが、辛うじて踏み留まっているという。

魅了

春香さんが十三歳の頃の話。

当時の春香さんの趣味は絵を描くことであった。

特に好んで描いたのは、風景画である。近隣を自転車で散策し、気に入った風景があれば、その場で写生する。

そうやって描き溜めたスケッチブックは、既に二十冊を超えていた。

将来の希望が画家というわけではない。自分には、そこまでの情熱も才能もないことは分かっている。小遣いをやり繰りして揃えた画材では、思い通りの絵も描けない。

あくまでも趣味の範疇《はんちゅう》である。

近所の風景に興が乗らないときは、ネットで見つけた風景や、物語に登場する景色を想像して描くこともある。

何だか、実際に旅をした気分になれたという。

十四歳になった夜のこと。

春香さんは、不思議な夢を見た。

いつものTシャツにミニスカートで、湖畔をぼんやりと歩いている。

美しい湖だ。周辺の鬱蒼《うっそう》と茂った森が、澄み切った湖面に映っている。

遠くに連なる峰々に入道雲、何処からか聞こえてくるカッコウの声。

対岸に、誰かが立っている。豆粒ぐらいの大きさだが、手に取るように外見が分かる。

若い男の人だ。太い眉、細い目、獅子鼻、分厚い唇。

間違っても二枚目とは言えない。はっきり言って、薄気味悪い顔である。

下手をしたら恋愛とは一生、縁がない顔だ。

その顔が、こちらをじっと見ている。目線が合った。

何故か、目が逸らせない。同じように見つめ返すうち、春香さんは大切なことに気付いた。そうだ、一刻も早くあそこへ行かねばならない。

できる限り早く辿り着かねば。あの男の人の元へ。早く。

必死で走りだす。

そこで目が覚めた。

何処にある湖なのか、あの男性が誰なのか、何故急いでいたのか。

全てが分からない。
覚えていないだけで、もしかしたらドラマや映画で見たのかもしれない。
記憶を探ろうとした途端、あの薄気味悪い顔を鮮明に思い出してしまった。
自分でも驚いたことに、鳥肌が立っている。いわゆる生理的に無理という状態だ。
これはいけない。何とかしなければ。
春香さんは、いつもより丁寧に時間を掛けて身支度に集中した。
それが幸いしたのだろう。何日か後には、夢のことを思い出さなくなっていた。

翌年の誕生日、春香さんは再び同じ夢を見た。
美しい湖だ。見た瞬間、去年の夢を思い出した。
遠くに見える峰々も、入道雲も、カッコウの声も同じだ。
湖の対岸に男性が立っているのも同じ。
ああ、あの顔だ。今度は禿げ上がった額や、鼻の下の大きなほくろも鮮明に見える。
おかげで薄気味悪さが力を増した。
またこっちを見つめている。目線が合った。
さあ、急がなきゃ。一分一秒でも早く、あの場所へ。

走りだす。

目覚めた瞬間、またしても鳥肌を立てていることに気付いた。

経験したことのない悪寒が走り、少し吐いてしまった。

全く同じ場所の夢を見るのは何故なのか。理由が知りたい。

このままでは、いずれまた見てしまう気がする。

景色は最高なのだ。現実にあれば、何時間でもいられるだろう。絵に描きたいぐらいだ。

その瞬間、春香さんは妙案を思いついた。

そうだ、絵にすればいい。その上で、敢えて男の姿は描かずにおく。

そうやって完成した絵を常に見ていれば、男の印象を消せるかもしれない。

早速、取り掛かる。スラスラと筆が進む。下書きなしでも完璧に描けそうだ。

半日掛けた絵は、自分でも驚くほど完璧に仕上がった。

湖面を渡る涼しい風や、カッコウの鳴き声も描き込めた気がする。

もちろん、あの男は描いていない。それだけで、素晴らしく爽やかな風景画になった。

春香さんは、その絵を自室の壁に掛け、眺めて過ごした。

そのおかげで、毎日を快適に過ごせるようになった。

十六歳の誕生日がやってきた。
春香さんは、寝る前にじっくりと湖の絵を見つめた。
良いイメージを脳に刻み込む。同じ夢を見ても、あの男はいない。
湖の畔《ほとり》を散歩するだけ。大丈夫、イメージは出来上がっている。
もう一度、自分に言い聞かせて目を閉じた。

美しい湖だ。やはり来たか。三年連続だ。
よし、散歩開始。
結果として、薄気味悪い顔は見ずに目覚めることができた。
それからも、毎年の誕生日には同じ夢を見るようになった。
それは、成人してからも変わらなかった。
もちろん、薄気味悪い顔は見ていないという。

来年、春香さんは結婚が決まっている。
お相手は、同郷の男性。春香さんより十五歳上である。

少女の頃の春香さんを見てから、ずっと好きだったらしい。
そのせいか春香さんも、他人のような気がしなかったという。

湖の絵を待ち受けにしているとのことなので、見せてもらった。
聞いていた絵とは違っていた。湖というよりは、単なる池だ。
森も山もない。何より違っているのは、男性がしっかり描かれている点だ。
太い眉、細い目、獅子鼻、分厚い唇。禿げ上がった額、鼻の下に大きなほくろ。
「素敵でしょ。見る度に好きになる」
春香さんは、幸せそうに溜め息を吐いた。

無事、退学

佐山さんは福祉系の大学を卒業後、教材関連の会社に就職した。

元々は教員を目指していたのだが、採用試験を突破できなかったのである。

その会社では営業に回されたのだが、どう頑張っても良い成績が残せなかった。

毎月のノルマが一度も達成できず、肩身の狭い中、上司からのセクハラとパワハラに追い詰められ、逃げるように退職したという。

しばらく引きこもりの日々を続けた後、母からの勧めもあり、介護関連の企業に就職を決めた。

現場はキツいだろうと納得した上で働き始めたのだが、予想以上に過酷な毎日が待ち構えていた。

まずは身体的負担が大きい。大人の体重を支えなければならない仕事だ。

筋肉痛と腰痛は避けて通れない。

佐山さんが働く施設は、入居者を最後まで見守る看取り対応があり、精神的な負担も大きい。

それと、当然ながら夜勤がある。これは拘束時間が長く、ストレスも増す。

何よりもキツいのは人間関係だ。

現場職員は入れ替わりが多く、ベテランが来る場合もある。

そんな中に放り込まれる新人は大変だ。

こちらの先輩が言ったことが、他の先輩には否定される。こうしろと言われたやり方が、そんなやり方は有り得ないと叱られる。

理不尽の極みなのだが、無条件で従うしかない。

利用者との人間関係も悩みの種だ。それぞれの性格や言動に振り回されることも少なくない。

高齢者といえども、男性は力が強い。一度、殴られたこともある。

労災どころか、吹き飛んで壊れてしまった眼鏡の弁償すらしてもらえない。

排泄や入浴の介護も、軽い潔癖症の佐山さんには辛い仕事だ。

セクハラも多い。一部の男性入居者は、女性職員を奴隷のように思っている。

上司に報告しても、馴れ合いの返事で済まされてしまう。

ストレスの展示会のような三カ月の研修期間が終わる頃、佐山さんは笑顔をなくしていた。

ある日のこと。

ようやく取れた昼休憩で、ぼんやり食事をしていると、先輩職員の赤尾さんが前の席に座った。

「どう？　少しは慣れた？」

赤尾さんは、一番優しい先輩だ。指導も丁寧で分かりやすい。

「あ、はい」

軽く会釈を返す。

赤尾さんは、しばらく佐山さんを見つめ、穏やかに微笑みながら言った。

「貴方は良くやっているわ。辛さを蓄えて、自信に変える力がある。それはこういう仕事に一番必要なスキルよ」

唐突な褒め言葉に、佐山さんは思わず涙をこぼしてしまった。

「痩せ我慢は駄目。心まで痩せてしまうから。信頼できる先輩に相談しなさい」

例えばあたしみたいな、と赤尾さんはピースサインを出した。

大丈夫だな、私はまだやれる。こういう素敵な人になろう。

久しぶりに笑顔になりながら、佐山さんは何度も頷いた。

「どうやらスイッチ入ったみたいね。さてと、そんな貴方にお願いがあるんだけど」

赤尾さんが担当している入居者が、一カ月半ぶりに帰ってくるのだという。

市岡という女性で、長期入院していたそうだ。

佐山さんも見かけたことはあるだろうが、記憶にはない。

一言で表すと、上品なお婆さんとのことだ。

亡くなられた御主人が資産家で、生活には不自由していないらしい。

素直で穏やかな性格で、職員に迷惑を掛けたこともない。

それどころか、無理難題を押し付けられて困っている職員がいたら、身を挺《てい》して相手に注意してくれる。

人として尊敬できる女性だと、赤尾さんは言った。

「仕事沢山抱えてるのに申し訳ないんだけど、その人の担当もやってもらえないかしら。貴方ならきっと気に入られると思うの。言葉は悪いけど、楽勝な相手よ」

有り難いことだ。それほど楽な相手なら自分が担当しておきたいだろうに。

赤尾さんは、そこまで私のことを考えてくれているんだ。

「私、やります。やらせてください」

感動のあまり佐山さんは、思わず立ち上がって返事してしまった。

初対面の場で、市岡さんに無言で見られながら、佐山さんは軽く後悔していた。

怒っているのかな、新人丸出しの相手なんて嫌だよね、やっぱり赤尾さんのほうがいいんだろうな。

以前いた会社のパワハラ上司を思い出しながら、佐山さんは自己紹介を終えた。

沈黙に耐えきれなくなった佐山さんは、おずおずと口を開いた。

「あの……」

その瞬間、市岡さんの様子がガラリと変わった。孫を見つめるような柔らかい顔つきである。

市岡さんは両手で佐山さんの手を握りしめ、しみじみと言った。

「佐山さん、いいわねぇ、あなた。頑張り屋さんなのね」

頑張ってますなどと言っていないのだが。

ああそうか、前もって赤尾さんが何か言ってくれてたんだな。

思わず笑顔になった佐山さんを嬉しそうに見つめ、市岡さんも笑った。

「応援させてもらうわね」

これだ。こういう交流を持ちたかったんだ。

佐山さんは、改めて赤尾さんに感謝したのである。

市岡さんは足腰が弱く、車椅子での移動になる。自分で乗り込めるのだが、あまり得意ではなさそうだ。

応援させてもらうという言葉に嘘偽りはなかった。

それにも拘わらず、市岡さんは佐山さんの仕事ぶりを見守りに来る。

ふと気付くと、少し離れた場所にいる。柱の陰、立木の横、居室の出入り口。

その気持ちは嬉しいのだが、身体が心配になってくる。

健康そうに見えても、退院したばかりだ。無理しているのではと気が気でない。

佐山さんは、思い切って訊いてみた。

「あの、市岡さん。いつも見守ってくださってありがとうございます。お身体とか大丈夫なんですか、御無理なさってませんか？」

市岡さんは、いつもの柔らかい顔で答えた。

「あなたこそ無理してない？　ほら、三日前に三階の伊達さんに怒鳴られてたでしょ」

「あ、いえいえ、大丈夫ですよ。いつものことですし」

笑顔を返して詰め所に戻りながら、佐山さんはふと気付いた。

何故、知っているのだろう。

伊達さんに怒鳴られたのは確かだが、入浴介護中だから職員以外はいなかったはずだ。

もちろん、市岡さんの姿も見ていない。

すぐ側で聞いていたのかもしれない。或いは、誰かに聞いたとか。

どちらも無理があるのは分かっていたが、そう思う以外の選択肢がない。

その一件以来、市岡さんの見守り方が急速におかしくなってきた。

市岡さんは、施設以外の場所にも現れ始めたのである。


最初に気付いたのは、帰宅途中に立ち寄ったコンビニだ。

弁当を手に取って顔を上げると、隣に市岡さんが立っていた。

「え？」

驚いて弁当を落としそうになり、慌てて持ち直す。

再び顔を上げたときには、既にいなくなっていた。

施設から二十キロは離れており、車椅子しか移動手段がない市岡さんでは不可能な場所だ。

タクシーを使えば可能かもしれないが、この店が分かるはずがない。

そもそも、そんなことまでする必要がない。

疲労からくる錯覚にしては、あまりにも生々しすぎた。

翌日、佐山さんは市岡さんに、こう言われた。

「コンビニ弁当ばかりだと栄養が偏るわよ。ちゃんと自炊して、しっかり食べなさい」


二回目は夜勤の日に起こった。

詰め所で報告書を書き終え、背伸びした瞬間、窓の外にいる市岡さんに気付いた。

佐山さんが、自分の目を疑ったのも無理はない。

詰め所は三階、窓の外にベランダなどの足場はない。

近づこうとしたが、足が竦《すく》んで動けなかった。

次の日、前回と同じように市岡さんが話しかけてきた。

「猫背で書いてると目が悪くなるわ。腰にも良くないし、もっと背筋を伸ばして書きなさい」

三回目は自宅。

六連勤の後の休日であった。

朝寝を決め込む佐山さんの枕元に市岡さんが立った。

何と、今回は直接話しかけてきた。

「お休みだからといって、いつまでも寝てちゃ駄目よ。さっさと家の用事済ませなさい。折角のお天気なんだから、お布団も干して。ほら早く」

その日、市岡さんは夜になるまで居続け、いつの間にかいなくなっていた。


何が起こっているか分からないが、このままでは自分の生活が壊されてしまう。

追い込まれた佐山さんは、先輩の赤尾さんを訪ねた。

事情を話そうとする佐山さんを制し、赤尾さんは小声で呟いた。

「あの人から卒業したかったら、方法は三つ。一、完璧な仕事ができるようになる。二、新人に押し付ける。三、自殺する。この三つしかないの。あたしの前に五人いるけど、一が一人、三が一人。残りは二。お勧めは二よ。あ、ここを辞めても一緒だからね。職を変えても無駄。ちなみにこの会話も聞かれてると思うよ。頑張れ、佐山ちゃん」

赤尾さんは鼻歌を歌いながら去っていった。

その後ろ姿を憎々しげに睨み付けながら、佐山さんは必死で考えていた。

二だ、二。三は有り得ない。一も嫌だ。好きでこんな仕事やってるわけじゃないし。

新人に押し付ける。これしかない。

半年頑張った佐山さんだが、残念なことに二が選択肢から消えた。
業績が思わしくなく、来年度の新人採用が中止されたのである。
打ちひしがれる佐山さんを市岡さんは元気よく応援してくれた。
「大丈夫、貴方が頑張って業績を上げればいいのよ。頑張れ、努力は裏切らないわ」
ああ鬱陶《うっとう》しい。何だその上から目線の聖女気取りは。
下手をすれば、これをずっと聞かされることになる。
嫌だ嫌だ、何とかしなければ。
けど、完璧な仕事なんかしたくない。安月給に見合うだけの仕事で良いんだ。
自殺なんかとんでもない。あんなクソ婆《ばば》ぁのために死んで堪るか。
ああ糞、どうしたらいいいんだ。

悩みに悩んだ末、佐山さんは四つ目の選択肢を見つけた。
市岡さんに嫌われる。これしかない。
市岡学級を卒業ではなく、退学になればいい。

が、並大抵のことでは離れないように思う。何しろ相手は聖女様だ。

むしろ、口うるさくなるだけだろう。

他人が知ったらドン引きするようなことをやらねば。

男性関連は無理だ。他の入居者に暴力を振るうのもなしだ。

結果的に自分が損してしまう。

一晩考え抜いて、佐山さんは最高の方法に辿り着いた。


休日の朝。

佐山さんは朝食を終え、部屋の掃除と洗濯を済ませてから、一駅先のマンションに向かった。

ネットで約束していた相手に会うためである。

「今日は本当にありがとうございます」

「いえ、ではよろしくお願いします。大切にしてくださいね」

渡された袋をそっと覗き込む。

白黒の小さな猫が眠っている。そろそろ生後一カ月になるとのことだ。

自室に戻り、床の上に子猫を出した瞬間、市岡さんが現れた。

「あら可愛い、そうね、そういったペットを大切にするのはとても良いことよ。ストレス解消にもなるし」

佐山さんは満面の笑みを返し、子猫の首に手を掛け、思い切り握り潰した。

それ以降、市岡さんは二度と現れなくなった。

鏡よ鏡

平田さんの家の隣に廃屋がある。

平田さんが小学生当時には既に空き家だったというから、少なくとも二十年以上、放置されている。

噂によると、所有権を巡って身内が争っているものの、決着が付かないらしい。

庭は雑草が密集し、外壁も酷い有様だ。一部、壁が崩れて屋内が見える。

防犯設備は設置されておらず、その気になれば入り放題である。

住宅街の中心にあり、街灯も多く設置されてあるため、心霊スポットとしての利用価値もない。ただ単に不要なだけの場所であった。

平田さんの叔父が学生の頃、興味半分で探検したらしい。

法事の飲み会で、中の様子を教えてくれた。

家財道具一式はそのままだが、そもそも盗む価値があるような物は見当たらない。

「ただね、奥の部屋に素敵な鏡台があるんだ。あれは良い。名品だよ」

普段、滅多に表情を変えず、無口で人付き合いの悪い叔父が、その鏡のことだけは熱っぼく語っていた。


少し前のこと。

平田さんの友達が泊まりがけで遊びに来た。

佐久田と山中、どちらも平田さんと同じ草野球の仲間だ。

最初はホラー映画の批評で盛り上がっていたのだが、いつの間にか流れは怪談に切り替わり、自ずと隣の廃屋が話のネタに上がってきた。

カーテンを開け、窓越しに見てみる。

外灯に照らされているとはいえ、さすがに真夜中の廃屋は雰囲気がある。

中に何もないし、入るだけ無駄だよと平田さんは説明したのだが、二人はそのほうが安心だと言い張る。あの中で怪談を語り合いたいなどと馬鹿なことを言い出した。

仕方がないので、とりあえず家の中を一周することになった。

玄関のドアは閉まっているが、鍵は掛けられていない。

平田さんが先頭に立ち、音を立てないよう、そっと開けて入った。

案の定、周りの外灯が差し込み、屋内の隅々まで見渡せる。

持ってきた懐中電灯も必要ないぐらいだ。怖くも何ともない。

無駄話に興じながら奥の部屋に到着。雨戸が閉めてあるせいか、室内は真っ暗だ。

他の部屋と違う点は、そのぐらいである。懐中電灯で照らしてみると、特にこれといった物はない。

タンスが一棹《さお》、引き出しは全て空っぽだ。開けっ放しの押し入れには、カビの生えた布団が二組。残りは、古びた鏡台が一つだけ。

それを見た瞬間、平田さんは叔父の言葉を思い出した。

「ただね、奥の部屋に素敵な鏡台があるんだ。あれは良い。名品だよ」


何故か、後ろ向きに置いてある。鏡面が壁に向いた状態だ。

前向きに戻そうとした佐久田が、途中で急に手を離した。

「どうした。ゴキブリでもいたか」

佐久田は山中の冗談を無視して、じっと鏡台を見ている。

「何だって言うんだ」

覗き込んだ山中も黙り込んだ。

「何だよ、おまえまで黙り込んで」

痺《しび》れを切らした平田さんは、二人の間に割り込み、自ら鏡台を確認した。

鏡全面がひび割れている。所々貼られたセロテープで、辛うじて原形を保っているようだ。

叔父が言っていたような美しい鏡とは思えない。

ひび割れの中心部に打痕がある。誰かが割ったものと思われた。

見ていると不安な気持ちで一杯になる。

平田さんは、鏡台を元の位置に戻すよう二人に言った。

「さ、もういいだろ。戻って飲み直そうぜ」

興が削がれたのか、二人ともあっさりと同意した。

部屋を出るとき、平田さんは室内を確認した。何か忘れ物をしても、もう一度戻ってくる気にはなれない。

懐中電灯で隅々まで照らす。一瞬、その光が反射した。

壁に向けたはずの鏡台がこちらを向いている。

それだけではない。あれほど貼ってあったセロテープが一枚もない。

鏡面のひび割れも打痕も見当たらない。叔父が言っていた美しい鏡面だ。

その鏡に佐久田が映っている。胸から上だけだが、間違いなく佐久田だ。

「おーい、何してんだ。早く来いよ」

当の佐久田の呼び声が玄関から聞こえてきた。
もう一度、鏡を見る。佐久田が映っている。
鏡の中の佐久田は無表情のまま、ゆっくりと瞬きをした。

その日から数日掛けて、佐久田は感情を失っていった。
朗らかな男だったのに、凍り付いたように表情が変わらない。
口数も少なくなり、何を考えているのか、まるで分からなくなった。
普段の叔父の様子と良く似ている。というか、瓜二つだ。
草野球の練習にも出てこなくなった。
山中が部屋を訪ねたのだが、玄関先で追い返されたそうだ。
そのときは憤慨していた山中自身も、最近は佐久田と同じような状態になっている。
無表情で他人との交わりを避けて生きている。
共通点は一つ、あの鏡台だ。
叔父は、たった一人で暮らしている。必要最低限しか表に出てこない。
あの叔父と同じなら、二人とも今すぐに死んでしまうことはない。
何とかしてあげたい気持ちはあるが、あまりにも情報が足りない。

この時点で、平田さんには何も起きていない。叔父や佐久田達と自分がどう違うのか、色々と思いつくが、実証する気にはなれなかったという。

最近、平田さんは二人を心配するのが面倒になってきているらしい。

というか、何もかもが楽しくも悲しくもない。

この世の全てがどうでも良いそうだ。

獅子舞

浜崎さんの地方には、独特の風習がある。

旧正月の頃、村の若者が獅子舞に入り、村を隅々まで舞いながら練り歩く。適当に型だけを真似るものではない。何カ月も掛けて稽古に稽古を重ねる。そのため、かなり本格的な獅子舞になる。

村の若者なら誰でもが成れるわけではない。ちゃんとした選抜試験がある。体力テストが主だが、合格するのは結構難しい。

それだけ、獅子舞を操るのが大変だという証しである。

浜崎さんが中学生の頃、級友の高梨が獅子舞を見に行こうと誘ってきた。

夏期休暇に入るまで、あと一週間ある。ということは、まだ稽古は始まってもいない。

それを指摘すると、高梨は笑って頷いた。

獅子舞を保管してある蔵は、時々虫干しのために開放する。

その役目を高梨が任されたらしい。

「うちの爺ちゃん、今年から神社委員長なんだってさ。小遣いやるからって頼まれたんだ」

開放する時間は午前中のみ。早めに点検を済ませたら、蔵の中の物は見放題、触り放題だという。

浜崎さんは諸手を挙げて賛成した。

元々、日本史が大好きということもあるが、古い蔵を好きなだけ見られる機会など滅多にない。

早速、高梨と競い合いながら自転車を飛ばした。


蔵の鍵を外し、扉を開ける。手入れが行き届いているのか、子供の力でも楽に開いた。

中は想像していたより整頓されている。カビの臭いや、湿気などもない。

興味を惹くものばかり置いてあるが、まずは獅子舞だ。

毎年の出し入れがあるからには、分かりやすい場所に置いてあるはずだ。

その推測通り、探し始めて僅か五分で探し当てた。

杉板で作られた箱の側面に、獅子舞と書いた紙が貼ってある。

間違いない。この箱は見覚えがある。獅子舞の列の最後尾に、この箱を持って付いてくる若い衆がいたはずだ。

蓋を開けると、紫色の絹布に包まれた物があった。大きさから察するに、獅子頭だ。

傷つけないよう、そっと絹布を解く。中から現れたのは、正しく獅子頭であった。歓声を上げ、ハイタッチを交わす。

手入れされてから包まれたらしく、獅子頭の表面が艶やかに光っている。まるで陶器のようだが、触れた感触は木そのものだ。

「眉毛とか動かせるはずだよな」

「やってみよう」

ひっくり返して床に置く。顎の辺りに横棒がある。眉毛は左右を紐で繋いである。この紐を引くと眉毛が動く。左右の耳は根元に支柱が付いており、それを動かすと耳も動くようになっている。

全体を通してシンプルな作りだ。舞いながら操作することを考えると、これぐらいがちょうど良いのだろう。

交代で獅子舞の真似事をしてみた。

高梨は意外に扱いが上手く、本番さながらに舞った。

浜崎さんも負けじと獅子頭を構えた。――

その途端、何処からともなく、子供の笑い声が聞こえてきた。

頭を動かすと聞こえる。止めると笑い声も止まる。高梨の声でないことは確かだ。

今、何か聞こえなかったかと訊いてみたが、高梨は笑って応えようとしない。

もう一度動かしてみた。やはり聞こえてくる。獅子頭の内側で反響しているように思える。

何となく薄気味悪くなり、浜崎さんは獅子頭を箱に戻した。

その後も蔵の中を探検しているうち、あっという間に昼になった。

扉を閉め、しばらく歩きだしてから高梨が急に足を止めた。

「しまった。獅子舞の向きが違うかも。先に帰っていいよ、直してから行くから」

遊んでいたことがバレると大変だ。浜崎さんは、高梨と別れて自宅に戻った。

その夜、高梨の両親が浜崎さんを訪ねてきた。

息子がまだ帰ってこないのだが、心当たりはないかという。

このとき、浜崎さんは叱られたくない一心で、嘘を吐いた。

午前中に遊んでいたけど、お昼に別れてそれきりだよ。

実際、その通りなのだ。蔵に入ったのは見届けている。そこから先は皆目見当が付かない。

結局、高梨は行方不明のまま半年が過ぎた。

旧正月を控え、獅子舞の練習が始まった。
例年と同じく、まず最初は参拝だ。蔵から獅子舞を入れた箱を出し、神社へ向かう。
箱は、選ばれた若者とともにお祓いを受けなければならない。
無事に参拝が済み、いよいよ練習が始まった。
箱から獅子頭を取り出し、それらしく構えて口を開けてみた。
その途端、獅子舞の口から子供の頭がはみ出してきた。
持っていた若者が、悲鳴を上げて獅子頭を放り出した。
転がった獅子頭の口からはみ出した子供の頭が、苦しそうに呻いている。
その場にいた全員が、あまりのことに身動きできず見守るしかなかったという。
その後、子供の頭は呻きながら徐々に消えていった。

その子供は高梨だったと伝えられている。
獅子頭は厳重に保管され、今現在は新しく作られたものが使われている。

ギロチン人形

青木さんは、とある地方都市の清掃局に勤めている。

塵芥《じんかい》車、いわゆるゴミ収集車を運転する仕事だ。

同乗者と二人で、決められたルートを決められた時間に回り、淡々と回収していく。

豪雨でも強風でも中止はない。

平日の午前と午後の一回ずつ、回る場所は週によって違う。

体力も必要だし、起床時間も早い。もちろん、臭いや汚れは付きものだ。

それでも青木さんは、この仕事を気に入っていた。

とにかく無心で身体を動かしていれば、必ず終わる作業だ。

残業もないし、売り上げを気にすることもない。

大抵の場合、同乗者は高岡という爽やかな好青年であり、人間関係で悩むこともなかった。

ある日のこと。

青木さんは、高級住宅街中心のルートを進んでいた。

普段は担当していないルートだ。職員が一人、足の怪我で退職したため、急遽割り当てられたのである。

高級住宅街といえど、ゴミは出る。さすがというか、意外な物が捨てられていたりする。大量の古銭が入っているクッキーの缶、何処も壊れていない家電、ブランド品のバッグを見つけたこともある。

その日、青木さんが見つけたのはフランス人形だった。

素材は分からないが、輝くばかりの金髪だ。

透き通った青い瞳、ほんのりと染まる頬、形の良い唇が可愛らしい。

豪華な赤いドレスが、金髪によく映えている。

誤って捨てられたのではないかと思わせる程の見事な人形である。

だが、どんな物だろうと指定された袋に入れて、集積場に出された以上はゴミとして扱うしかない。

いつも通り、淡々と処理していく。

人形が入ったゴミ袋は、回転板に掻《か》き込まれていった。

翌週、青木さんは同じルートを進んでいた。

そういえば先週、この場所に人形が捨てられていたな。

思い返しながら車を止め、山積みのゴミを手際よく捨てていく。

残り僅かというところで、青木さんの手が止まった。

人形がある。フランス人形だ。

赤いドレス、金髪に青い瞳。先週捨ててあったものと瓜二つである。

不思議なこともあるものだと、首を捻りながら処理する。

人形は、前回と同じように車内に取り込まれていった。


月末、三度目の人形を見つけた。

さすがにこれはおかしい。こんな高そうな人形を連続で三度も捨てるだろうか。

というか、同じ人形が三体もあるものなのか。

戸惑いを隠せず、人形を眺めていると、いきなり声を掛けられた。

「あの。その人形、ちゃんと持っていってくれてますよね」

この集積場を使っているということは、近隣の住人だろう。

四十代前半、目の下のドス黒い隈さえなければ、ごく普通の中年女性である。

「あ、はい。もちろんですよ、その日に指定されたゴミなら、全部回収します。今日は可燃ゴミの日ですからね、こういった人形も大丈夫です」

最近の処理場は炉の能力が向上し、全て完璧に焼却してしまうと説明した。

女性は納得していない様子で、ぶつぶつと呟いている。

「だったら何で戻ってくるのよ。もう、いい加減にしてよ」

何か不穏なものを感じ、青木さんは女性に背を向けて人形を放り込んだ。

女性は人形が車内に取り込まれるまで、ずっと凝視していた。

走りだしてから、高岡がくすくすと笑いながら言った。

「何なんすかね、あのおばさん。大分ヤバいっすよ」

高岡も人形の件は気付いていたらしい。

「確かに三回ありましたけど、ああ見えて量産品じゃないっすか？　別に不思議でも何でもないですよ」

そういうものかもしれない。青木さんもその意見に乗った。


月が変わり、最初の週が巡ってきた。

青木さんは、例によって高級住宅街を回っていた。

あの集積場が見えてきた。思わず、顔が強ばる。

大丈夫、四度目はない。あって堪るか。

横付けし、車を降りてゴミを処理していく。

「うわ」

またあった。有り得ない。全く同じ人形だ。まじまじと見たが、量産品とは思えない。

さすがに高岡も戸惑っている様子だ。

「お願いがあるんですが」

いきなり背後から声を掛けられ、驚いて振り向く。

あの女性だ。目の下の隈が一層、酷くなっている。大袈裟でなく、墨を塗っているようだった。

青木さんの返事を待たず、女性は喋り始めた。

「ゴミを掻き込む鉄板があるじゃないですか、それで人形の首を切ってくれませんか。胴体のほうを持って、首だけ突っ込んだら切断してくれると思うんですが」

「いや、そういった私的な依頼はちょっと」

高岡がそう答えると、女性はいきなり土下座した。

「一生のお願いです、お願いします、人助けだと思ってやってください、もう無理なんです、助けてください」

大声で何度も助けてくださいと言われ、青木さんは渋々了承した。
高岡が人形の胴体を持ち、回転板に首を差し出した。
ゴリッと小さな音を立て、人形の首は胴体と離れた。
胴体のほうも放り込む。ほっと一息だけ溜め息を漏らし、青木さんは女性を立たせた。
心底、嬉しかったのだろう。
顔を上げた女性は、大きく口を開けて笑いながら帰っていった。
その回の収集を終え、処理場で中身を出すとき、青木さんは注意深く確認していた。
見落としたつもりはないのだが、人形は見当たらなかった。

青木さんの紹介で、近藤さんという方からも話が聞けた。
怖い話を集めている人がいるから、協力してあげてほしいと頼んでくれたのである。
近藤さんも青木さんと同じく、塵芥車の運転を担当していた人だ。
つい最近、足の怪我で退職したばかりだ。
本人曰《いわ》く、怪我は人形の呪いだと言っているらしい。
ちなみに、この時点で青木さんは、同僚達に人形の話をしていない。
まともに聞いてくれそうな人がいなかったからだ。

唯一、高岡との話題には上っていたが、彼は珍しく無断欠勤が続いているらしい。
週明け早々に、上司が様子を見に行くとのことだ。

近藤さんは挨拶もそこそこに話し始めた。
在職中に、不思議な人形を見たという。
高級住宅街にある集積場が現場だ。その人形は、何度も繰り返し捨てられている。
何度捨てても、戻ってきているらしく、また集積場に捨てられている。
嘘じゃない、俺は何度も見たんだ。
近藤さんはどうだとばかりに、こちらの反応を伺っている。
時系列から察するに、青木さんのよりも前の出来事のようだ。
答えは分かっているが、どのような人形ですかと訊いてみた。
「金髪で青い目、赤いドレスを着たフランス人形だ」
やはり、青木さんが見たのと同じものだ。
とはいえ、二人が示し合わせている可能性は捨てられない。
話の続きを促す。
その人形があまりにも気になったので、近藤さんは調べてみたそうだ。

わざわざ非番の日を選び、早朝から張り込んだという。
その甲斐があり、まだ暗い中、中年女性が現れた。
辺りの様子を窺《うかが》い、持っていたゴミ袋をそっと置いた。
見つからないように跡を付け、自宅を確認した後、集積場に戻ってゴミ袋を開けた。
やはり同じ人形が入っている。
近藤さんは人形を取り出し、ドレスの裾を捲った。
人形の左足の付け根をカッターナイフで傷つけ、また袋に戻す。
こうしておけば、次に見つけたとき、同じ物か判別できる。

幸いにも、三日後の勤務でそのルートが割り当てられた。
どうか人形がありますように。胸の中で祈りながら車を走らせる。
いつもの集積場に到着。山積みのゴミ袋を次々に処理していく。
朝早くに置いていくだろうから、一番下にあるはずだ。
予想は見事に当たった。金髪が見えている。
同乗者の目を盗み、ゴミ袋を破って人形の左足を確認する。
刃物で切られた痕があった。

ということは、三日前に捨てられた人形が、また今日も捨てられているわけだ。

次はどうするか、直接あの家に行って問い詰めてみようか。

全てがはっきりしたら、皆に言ってみよう。それまでは秘密にしておいたほうがいいかもな。

色々と思案を巡らせていたのだが、全てが無駄になった。

その日の帰宅途中、近藤さんは自損事故を起こしたのである。

運転中、急に左足が動かなくなったのだという。

原因は分からないが、左足の付け根がパックリと切れていたそうだ。

結局、その事故が原因で近藤さんは退職せざるを得なくなった。


近藤さんを取材した翌週、私は青木さんとの会食に向かった。

現れた青木さんは、真っ青な顔である。

「これは、かなりヤバいかもしれないですよ」

何かあったのだろうか。

青木さんは今にも泣きだしそうな顔で話しだした。

ついさっき聞かされたのだが、高岡が首を吊って自殺したのだという。

それもただの首吊りではない。

「針金を使って吊ったから、発見されたとき、首が殆ど千切れてたんです」

あの女性が人形を焼却しない理由が、何となく分かった気がした。


人形は今も捨てられ続けている。

幸い、青木さん自身には何も起こっていない。

最近ではいつもの女性ではなく、その娘らしき人が捨てにくる。

この間、今度は人形の胴体を切ってほしいと頼んだという。

青木さんは、どうぞ御自分でやってくださいと断ったそうだ。

愛の花園

　佐田さんが暮らす村には、見事な花畑がある。二月を過ぎた頃から菜の花が咲き始め、辺り一面が黄色に染まっていく。

　春先の河川敷などで、よく見かける風景だ。ちなみに菜の花は一種類ではない。高菜、からし菜、アスパラ菜、ブロッコリー等々、アブラナ科に属する野菜が咲かせる黄色い花は全て菜の花と呼ばれる。

　佐田さんの村に咲く花は、セイヨウアブラナだ。昔は菜種油を集めていたのだが、今では放置されたままとなっている。

　観光資源になるほどの規模はない。更地にして再利用したほうが良いのだが、そうしないだけの理由があった。

　村人達は身内の者が亡くなると、遺骨の一片をこの花畑に埋める。

　もちろん、主として使う墓地はある。墓参りもそちらに行く。花畑に埋めるのは、古くから伝わる風習によるものだ。

　人の遺骨だけではなく、可愛がっていた猫や犬も埋める。不思議なことに、遺骨を埋めると菜の花が色鮮やかに咲くという。

僅かな遺骨が肥料になるはずもないのだが、事実、見事に育っている。田圃や土手に咲くセイヨウアブラナとは色も大きさも全く違う。生前に愛されていればいるほど、鮮やかに大きく咲くといわれていた。

村人達は、人の思いが花となって咲くからだと信じている。

一年程前、吉永という夫婦がこの村に移住してきた。

子供はいない。他の家族としては柴犬が一匹。村長の話によると、夫は誰もが知る一流企業の課長だ。

村暮らしに憧れて早期退職し、引っ越してきた。将来的には、自然食品を使ったカフェを開きたいとのことである。

早速、佐田さんが所有する畑の一角を借り、野菜を育て始めた。

基本的な知識はあるようだが、所詮は素人である。全てにおいて手際が悪い。元々不器用なのかもしれない。

見かねた佐田さんは、暇を見つけては教えていった。

半月後には、お互いの家でバーベキューを楽しむほどの仲になっていた。

カフェの開店準備も順調である。テーブルや椅子、カウンターは全て吉永さんの手作りだ。並行して料理の腕も磨いている。

ああでもない、こうでもないと朝から晩まで試作品作りに没頭している。だがやはり、どことなく不器用に思える。

よくぞカフェなどという大それた夢を描いたものだと、村人達は陰口を叩いていた。

その他の日常生活全般は妻である美代さんの担当だ。慣れない田舎暮らしだが、愚痴一つこぼさずに黙々とこなしている。

本人曰く、柴犬と散歩しているときが唯一の息抜きらしい。

ある朝、その息抜きである柴犬が亡くなってしまった。起きたら既に冷たくなっていたそうだ。

元々、老犬だったらしい。散歩中もよたよたと辛そうに歩いていた。

吉永夫婦の悲しみは深く、特に美代さんは見ていられないほど嘆き悲しんでいる。

見かねた佐田さんは、村にだけ伝わる風習なのだがと前置きし、吉永さんに花畑のことを教えた。

実のところ、佐田さん自身は菜の花が色鮮やかに咲くのは一帯の土壌が影響していると推測している。遺骨は全く関係ないだろうとも思っていた。

逆にいえば、何を埋めても見事な花は咲くわけだ。きっとそれは、美代さんを慰めてくれるだろう。幸い、開花の時期は間近である。そこまで考えた上でのお節介だ。

「あれほど愛されていたんだから、きっと見事な花を咲かせるに違いないですよ」

吉永さんは火葬場に頼んで遺骨を残してもらい、適当な場所を選んで埋めた。これが佐田さんの予想を遥かに超えた。

埋めた場所だけでなく、既に開花していた周辺の花全てが、驚くほど鮮やかな色に変化したのである。

溢れる涙を拭おうともせず、美代さんはいつまでも花を見つめていた。


佐田さんの思惑通り、美代さんは元気を取り戻し、いつも通り家事を始めた。

半年が過ぎ、そろそろ一年目という頃、新たな悲劇が吉永家を襲った。

吉永さん自身が急死したのである。柴犬と同じく、明け方には冷たくなっていたという。

あまりにも悲しいと、人は無表情になるのかもしれない。

美代さんは、葬儀中ずっと呆然と立ち尽くしていた。

火葬が終わり、美代さんは遺骨をじっと見つめていた。

ああ、これは花畑に行くつもりだな。そう察した佐田さんは、手伝いを申し出た。

翌朝、美代さんは骨壺を抱きかかえ、花畑に向かった。

佐田さんも後に続く。場所は柴犬を埋めた辺りだ。花を傷つけぬよう丁寧に穴を掘り、美代さんを促した。

美代さんは持っていた骨壺の蓋を外し、中身を全て穴の中にぶちまけた。

驚く佐田さんに、あとは適当に埋めといてくださいと言い残し、美代さんはさっさと歩いていった。

そしてそのまま、家を捨てて村から出ていったのである。

見かけた人の話によると、美代さんは満面に笑みを浮かべ、大きなスーツケースを引っ張り、鼻歌交じりで軽やかにバス停に向かっていたという。

派手な赤いスーツを着ていたそうだ。

それから三日後、花畑は全滅した。一晩のうちに枯れ果ててしまったのだ。

吉永さんの遺骨を埋めた辺りは、特に酷い。異様な臭いを放つ泥沼と化し、近づくことすらできなくなっていた。

家は丸ごと売りに出されているが、なかなか買い手が付かない。

手作りのテーブルや椅子は、すっかり色褪せてしまった。

正義の味方の墓

倉田さんの家業は石材店である。

親子三代に渡る老舗だ。倉田さんも、幼い頃から石材店を継ぐものと決めていたそうだ。

最近は競争相手も多く、なかなか厳しい状況だ。

倉田さんの石材店は幾つかの寺と専属契約しており、何とかやれている。

その分、腕を磨いておかねば信頼を裏切ることになる。

時間があれば、石材の置き場に行って研鑽《けんさん》を積んでいるという。

大きく分けて墓石には三種類ある。

和型墓石、洋型墓石、デザイン墓石だ。和型は昔からの、日本人が思うような墓。

最近流行っている洋型墓石は、外人墓地にあるような背の低い四角形のものだ。映画などで見た人も多いだろう。

デザイン墓石は、様々な形の石を組み合わせて作ることが多い。そのためのパンフレットもあるぐらいだ。もちろん、全くオリジナルの形にすることも可能だ。

倉田さんも、そういった発注に応じられるよう、技術を磨いていた。

宣伝の意味を込め、動物やアニメのキャラクターの石像を彫り、道路から見える場所に置いたりもしている。

ある日のこと。

倉田さんは、いつものように石と向かい合っていた。

集中を要する箇所を仕上げ、ほっと一息吐いた瞬間、道路から激しい衝突音が聞こえてきた。

何事かと振り向いた倉田さんは、思わず呻いてしまった。

フロント部分が凹んだミニバンと、少し離れた場所に横たわる自転車。間違いなく事故である。

慌てて走りよると、母親らしき女性と小さな女の子が血塗《ちまみ》れで倒れていた。

母親は意識がないようだが、見たところ大きな外傷はない。

女の子のほうは見るのも辛い状態だった。ヘルメットは被っていたが、首が有り得ない角度に曲がり、右肩から先が潰れている。

避けようとして、余計に酷く衝突したのかもしれない。

到着した救急隊員がてきぱきと搬送していったが、女の子は既に亡くなっているとしか思えなかった。

どうやらその予感は当たったようだ。

何日か後、事故現場に玩具やお菓子が花束とともに供えられていた。

倉田さんも花束を供えてから、石材置き場に向かった。

しばらく作業を続け、固まった腰を伸ばそうと表に出たとき、倉田さんは妙なものを見つけた。

道路に向けて置いてあるアニメの墓石に、小さな女の子が跨っている。

表面が滑らかで、登るにしても難しいはずだ。何より、あんな不安定な場所から落ちたら大変だ。

倉田さんは優しく声を掛けながら、墓石に近づいた。

「ねえ、君は何処の子……」

呼びかけに応じて倉田さんを見た首がぐらりと折れた。

右肩から先が潰れている。

あの事故の子に間違いない。倉田さんは、思わず怯んでしまった。

女の子は、しばらくアニメの墓石で遊んだ後、緩やかに消えていった。

現れたのは、そのときだけだ。

怖かった半面、遊んでくれるほど上手く彫れていたのかなと、嬉しく思えたそうだ。

いつか必ず飽きられる

萌香さんは以前、不動産管理の会社に勤務していたことがある。

事務員として働き、七年前に寿退社した。

相手は同僚の佳孝さん。萌香さん曰く人懐っこい笑顔が素敵な男性だ。

不動産管理には大きく分けて四つの業務がある。

家賃管理、入居者の募集、クレーム処理、設備点検・補修だ。

佳孝さんは、設備点検以外の業務をそつなくこなす優秀な社員である。

幾つもの物件を担当しているが、顧客からのクレームが一件もない。

人懐っこい笑顔のおかげかもと萌香さんは、少なからず本気で思っているそうだ。


ところが最近、佳孝さんは厄介な物件を預けられてしまったらしい。

誰もが四苦八苦している物件だという。

それは、都市近郊にある一軒家である。

築年数こそ二桁になるが、屋根も壁面も、もちろん内装もリフォーム済みで新築同然だ。

環境は抜群、交通の便も良く、大きなショッピングモールがあるおかげで生活には困らない。

価格も適正であり、売れないはずがない物件なのだ。

渋い顔で資料を捲る佳孝さんに、萌香さんは問題点を訊いてみた。

萌香さん自身も事務員とはいえ、不動産管理の経験がある。

「そうだね、萌香にも知っておいてもらおうかな」

佳孝さんが言うには、問題の解決方法は確立しているそうだ。

ただ、根本的な解決ではなく、そもそも発生した原因が不明なままなのだという。


その家は、恐らく霊が住み着いている。

凶悪な霊ではない。暗闇に潜んでいることが多い。

したがって、殆どの人が気付かぬままだ。

ただ、時折、妙に波長が合ってしまう人がいる。

そういった人にすり寄ってしまう。

すり寄られた人は、年齢に拘わらず早死にする。

事故とか突然死とかではなく、心身の機能が低下し、衰弱して自然に死んでいく。

「え。それって」

「そう、いわゆる老衰。若くても老衰で死ぬ家なんだよ」

霊の仕業だと吹聴《ふいちょう》した者がいたため、噂が広がってしまった。

妙なことに、そんなことが起きるのに瑕疵《かし》物件ではない。

幾ら調べても、過去に事故や事件、自殺などが起きた事実はない。

土地の因縁もないし、何かが埋まっている場所でもない。元々は何処にでもある耕作地なのだ。

そのせいか、お祓いをやっても効果がない。

それはそうだ、祓うための因縁がないのだから、祝詞《のりと》に力が込められない。

いっそのこと、庭に慰霊碑を建てようという意見も出たのだが、誰を慰霊するのか分からない。

最初の担当者は、すっかり投げ出してしまい、流れ者の霊が良い所だなと気に入って住み着いたんだろうと結論を出した。

案外、それが正解なのではと言われている。

「でね、そういった状況だから、色々と対処したけれど決定打にならない。八方塞がりの状態で、何でもかんでも思いつくまま試していたら、意外な物に効果があるのが発見されたんだよ。それがこれ」

佳孝さんが資料を一枚、テーブルに置いた。

幾つか画像が貼り付けてある。その全てが人形の写真だった。

写真の下部に年月日が記してある。最も古いのは右上の市松人形だ。

同じように市松人形が続き、フランス人形へと替わり、ぬいぐるみやキャラクターの人形へと続いていた。

「試しに市松人形を置いたら、屋内の雰囲気が変わってさ。そこで皆が思い出したのが、流れ者の霊が住み着いたという意見。その流れ者が最も喜ぶ貢ぎ物が人形なのかもってことで、次々に捧げられた。いつか正解に辿り着くんじゃないかって」

だが、今のところ決定打にはなっていない。

そこで行き詰まってしまったのだという。

「人形じゃないとすると、次は何が良いんだろう。人形を喜ぶってことは、子供なのかな。

だから寂しくなって、自分を分かる人にすり寄るとか」

「え。それって大正解なんじゃない？」

萌香さんと佳孝さんは、思わず顔を見合わせた。

「そうか。その通りだよ」

「だとしたら、子供が気に入るようなものを捧げたら良いんじゃない」


良い思いつきなのは確かだ。

恐らくその通りなのだろうが、最悪の正解だと言えた。

子供が気に入るようなもの。範囲が広すぎる。

だが、他に良い手も浮かばない。

とりあえず、幾つか玩具を携えて、佳孝さんはその家に向かった。


結論として、今現在その家は売れている。

新しい世帯が既に暮らし始めている。

子供と思しき流れ者の霊が、最も気に入ったのは佳孝さんだった。

その家を離れ、佳孝さんに憑いてきたのである。

人懐っこい笑顔のおかげかもしれない。
今のところ、佳孝さんは至って健康である。体調に変化もない。

カーテンコール

須藤さんは以前、保育士だった。

母親の介護のため、退職して三年になる。

今年、母親が他界し、ようやく身体が空いた。

夫はしばらく休んだらどうかと気を使ってくれたが、働きたい気持ちで一杯だ。

元々、子供好きなのである。

自分が母親になれなかった分、他人の子供の世話をするぐらいしか、触れあう機会がない。

だからといって、大きな保育園は嫌だ。

求人案内を探し、近所に小規模保育園があるのを見つけた。

小規模保育園とは、定員が六人から十九人までの小さな保育園のことだ。

入園できる年齢も決まっており、須藤さんの希望に上手く合致していた。

早速、面接に向かう。

須藤さんの人柄と能力、何よりも経験がものを言い、即日採用となった。

午前中はお絵かきや散歩、昼食の後はお昼寝、おやつ、自由時間と続く。

夕方六時半に保育終了となる。

須藤さんは、時間が自由に使えるため、早番も遅番も可能だと申告していた。

そのため、初日からしばらくは早番が続いた。

第二週になってからは遅番の研修だ。とはいえ、経験豊富な須藤さんが、新たに覚えることはそれほど多くはない。

翌日への申し送りや、閉園時の火の用心や戸締まりなど具体的な作業が主だ。

各部屋に残留者がいないか確認後、施錠して終わりである。

最後まで居残る分、出勤時間は遅くなる。その分、朝がゆっくりできる。

願ったり叶ったりだ。


その夜も、須藤さんはマニュアルを見ながら、一つずつ指さし確認していった。

「オッケー、次……うん？」

マニュアルに誰かがボールペンで書き足している。

カーテンには近づかない。無視すること。

どういう意味か飲み込めないまま、室内へ入る。

目の前にカーテンがある。昼寝の時間に使う部屋なので、遮光性のある分厚い生地にしてある。開きっぱなしにはせず、使わないときは窓の横に束ねてある。

その束ねたカーテンの下に、子供の靴があった。

キチンと爪先を揃えて並べてある。

近づいて手に取ろうとした瞬間、その靴が動いた。一瞬、カーテンが捲れて細い足首も見えた。

しまった、まだ誰か残ってたんだ。

「ごめんね、残ってたんだ。大丈夫？　怖くなかった？」

声を掛けながらカーテンを捲る。

そこには誰もいなかった。

「ひぇっ」

思わず小さな悲鳴を上げ、カーテンが手から離れた。束ねた状態に戻った途端、さっきの子供靴が現れた。右の爪先がゆっくり上下している。今にも歩きだしそうだ。

須藤さんは、部屋の明かりを消して玄関へ走った。

必死の思いで玄関に辿り着き、ドアを開けて外に出た。

恐る恐る振り返る。何もない。震える手で鍵を閉め、帰途に就いた。

時々、振り返って確認しながら、無事到着。

玄関に座り込んで呼吸を整え、ようやく落ち着いたという。


翌日、園長にマニュアルの落書きを見せると、何でもない様子で答えた。

「気にしなくて良いのよ。あ、嫌だったら遅番はしなくていいわ」

あれが何なのか、何故そこにいるのかを訊いたのだが、園長は〈良いのよ良いのよ〉とだけ繰り返す。

一向に埒が明かないため、同僚にも訊いてみた。

口を濁して、誰も答えようとしない。何を言ってるのと訊き返す者もいない。

つまり、皆知っているということだ。

ようやく一人、相手をしてくれる同僚がいた。

元々この保育園は、幾つかの部屋を繋げたものであり、そのうちの一つで子供が亡くなったことがあるという。

その家の兄弟が留守番しているとき、弟のほうが事故で亡くなってしまったと伝えられている。

「事故死が、本当か嘘かまでは分からない。関係者しか知らないと思う。あのさ、おかしなこと訊くけど、貴方の家にカーテンはある？」

もちろんあると答えると、その同僚はこう言った。

「発見されたとき、その子の遺体、立ったままカーテンに巻かれてたらしいのよ。あなた、気に入られちゃったから気を付けたほうがいいかも」

気を付けるとはどういうことか。そこまでは教えてくれなかった。


それからは、遅番をする度にカーテンの下に靴が現れた。

そんなものが現れる場所で、子供達を昼寝させても良いのだろうか。

相手をしてくれた同僚に訊くと、出る時間帯は決まっているため、何ら不都合はないそうだ。

そうだとしても、何というか根本的な認識があまりにも違いすぎる。

須藤さんは、夫の病気を理由に退職を告げた。

非常に残念がってくれたが、最後には全員が見送ってくれた。

もちろん、嘘である。夫は至って健康だ。

これであのカーテンの少年とも縁が切れる。めでたしめでたし、とはならなかった。

少年は、保育園を捨てて付いてきてしまったのだ。


今現在も、少年は現れる。

最初に声を掛けたのが原因だろう。後悔したところで、今更どうにもならない。

ただ一つ救いとしては、カーテンの後ろにしか現れないことだが、これもなかなか大変らしい。

まずは家中のカーテンを取り外し、障子戸に交換した。

外出しても、カーテンのような物には近づかない。

だが、それだけでは足らない。

一度、買い物中に試着室に入ったとき、自分の靴のすぐ横に現れたこともある。

電車の中で、前に立つ女性の長いスカートの下にいるのを見つけたときは、さすがに我が目を疑ったという。

そうまでして恐れることもないのだが、常に自分の周りにいるのだなと確認できてしまうのが嫌なのだという。

これだったら、保育園に居続けたほうが良かったかも。

そう言って須藤さんは、溜め息を吐いた。

全て取材し終え、私はふと思いついた疑問を投げてみた。

「カーテンみたいなものが駄目なら、瞼なんかはどうなるんですか。目のカーテンみたいなもんですけど」

物凄く嫌な顔で睨まれてしまった。

刺青《いれずみ》

ついこの最近、河合さんは長年勤めていた保育園を退職した。

突然の申し出に、園のほうは随分と困ったらしいが、どうしても退職せざるを得ない事情があった。

表向きは家庭の事情ということにしているが、実のところは違う。

怖くなったのだという。


それは退職する二週間前のこと。

河合さんは、真美子ちゃんという子を探していた。

真美子ちゃんは、生まれつき足に少し障害があり、速く走れなかった。

追いかけっこや、鬼ごっこなど、子供が喜んでする遊びに混ざることができない。

そのため、母親が迎えに来るまでお絵かきをしたり、絵本を読んだりして過ごしている。

母親の姿を見た途端、一生懸命近づこうとする。

母親はそんな真美子ちゃんに手を貸さず、じっと見守る。

その代わり、ようやく辿り着いたときに抱き上げ、思い切り褒めた。

手助けするのは簡単だが、それだと真美子ちゃんの一人立ちを遅らせてしまう。

心を鬼にして見守っているのだろう。

それこそが本来の愛であり、本当に大切にしているのが良く分かる光景と言えた。


「真美子ちゃーん、何処ですかー」

探し回ること五分。真美子ちゃんは珍しくも園庭にいた。

雨上がりの庭は、どこもかしこも泥だらけだ。

真美子ちゃんは、自分が育てているヒマワリが心配だったらしく、傘をさしかけていた。

優しい子なのだ。自分に障害があるのが分かっているだけに、他人に優しくなれるのだろう。

少し目を潤ませながら、河合さんは真美子ちゃんに声を掛けた。

「真美子ちゃん、ヒマワリさん喜んでくれた？」

真美子ちゃんは振り向いて、嬉しそうに頷いた。

「あら大変、髪の毛が泥で汚れちゃった。先生が綺麗にしてあげようか」

もう一度、嬉しそうに頷く。

真美子ちゃんの母親は美容師だったそうで、いつも真美子ちゃんの長い髪を綺麗に結い上げていた。

ボサボサの状態で来たことは一度もない。

それこそ、ヘアカタログに載っているレベルの美しさだ。

その髪の所々が泥に汚れている。

放っておくわけにはいかない。ちゃんと見ている証しにもなる。

濡れたタオルで拭き取れば済むだろうと始めたのだが、これがそう簡単なものではなかった。


今日の髪型は三つ編みだ。その編み目の奥に入り込んでしまい、なかなか取れない。

どう頑張っても無理と悟った河合さんは、三つ編みを解き始めた。

解いてみてよく分かった。やはり丁寧な仕事である。

上手く解けたおかげで、髪も綺麗に拭ける。どうにか満足のいく程度まで拭けそうだ。

あと少しというところで、河合さんは妙なものを見つけた。

真美子ちゃんの頭部に何か傷のようなものがある。

うなじのすぐ上の辺りだ。常ならば、髪の毛で隠れてしまう場所である。

転ぶか何かで、知らぬ間に傷ついたのかもしれない。
髪の毛を掻き分け、確認する。
あった。
見つけた瞬間、河合さんは我が目を疑ったという。
それは傷などではなかった。どう見ても刺青である。
小さな文字を刺青にしているのだが、はっきりと読めた。

〈死ね〉

そのままにはしておけないので、元の三つ編み状態を試みる。
元通り美しくとはいかなかったが、何とか形にはできた。
「せんせー、ありがと」
あどけない笑顔でお礼を言われた。
さっきの刺青は何なんだろう。間違いなく、死ねと刻まれていた。
真美子ちゃん本人には自覚がないようだ。
とすると、今よりずっと幼い頃にやられたのかもしれない。

考えれば考えるほど怖い想像しかできなくなる。

そうこうしているうちに、真美子ちゃんの母親が迎えに来た。

河合さんは、他の子の世話を焼いているふりをして、顔を合わせないようにした。

いつものように、真美子ちゃんが近づき、母親が抱き上げ——一旦下ろして頭を触り始めた。

しばらくして母親が、ほんのりと笑みを浮かべながら訊いた。

「真美子の髪の毛を手入れしてくださった先生はどなたかしら」

「ああそれなら河合先生じゃないかな。ほら、あそこにいますよ」

余計なことを言うなと焦る河合さんの前までやってきた母親は、笑顔のまま頭を下げた。

「河合先生、お手数をお掛けしたようで。ありがとうございます」

「いえいえ、泥を拭いただけですので」

母親は再度、ありがとうございますとお礼を言った。

その目がじっと河合さんを見つめていた。


その夜のこと。

河合さんは突然の頭痛で目を覚ました。中ではなく、皮膚が引き攣《つ》れるように痛む。

うなじのすぐ上だ。鏡では確認しにくい場所だ。

河合さんはスマートフォンを取り出し、痛む箇所を何枚か撮影した。

画像を確認する。

「何これ」

あまりの衝撃で、思わず落としてしまった。

痛みの原因は、いつの間にか刻まれていた刺青だった。

見覚えのある刺青だ。

〈死ね〉と刻んである。


翌日からずっと、真美子ちゃんの母親はすぐ近くまで来て、顔を覗き込みながらお礼を言うようになった。

「だから辞めたんです」

河合さんはどんよりした目つきで、そう話し終えた。

欲張りな登代子

近藤さんは、今年二月に五十回目の誕生日を迎えた。
祝ってくれるのは八十歳になる母、登代子さんだけだ。
登代子さんは、十年前に脳溢血《のういっけつ》で倒れ、それ以来ずっと寝たきりである。
それでも娘の誕生日を忘れたことはなく、毎年必ず贈り物をくれる。
呂律《ろれつ》の回らぬ口で、誕生日の歌を歌ってくれるのだ。
年々、音程も歌詞も怪しくなってくる。今年は特に衰えていた。
それでも、娘を祝う気持ちが嬉しく、近藤さんも声を合わせて共に歌う。
その後、ケーキではなく黒糖饅頭を食べるのが約束だ。
「一つだけにしてよね」
言われた登代子さんは、とりあえず笑って頷いた。
そのくせ、我慢できた試しがない。必ず二つとも食べてしまう。
甘い物が唯一の楽しみだから仕方がないと、近藤さんは諦めている。

そんな登代子さんに最近、もう一つ楽しみができた。

隣に引っ越してきた東野という家族に双子の娘さんがいたのである。

親子で挨拶に来られたとき、母子家庭だということが分かった。

娘二人で留守番する夜もあるとのことで、近藤さんは最大限の協力を約束した。

そうしたくなるほど、可愛らしい双子だったのだ。

彩葉と琴葉、どちらもまだ六歳である。

彩葉ちゃんのほうが、やや大人びている。

琴葉ちゃんは、ひたすら愛らしい。

近藤さんも登代子さんも、我が子同然に可愛がったという。

最初は気に掛ける程度だったが、留守番の夜は泊まりに来ることになった。

ついでだから夕食も共にしようと提案した。

彩葉ちゃんと琴葉ちゃんは、三年前に父親を亡くしてから、ずっと母親の苦労を目の当たりにしている。

少しでも負担を減らそうと頑張っているのが、手に取るように分かった。

他人に気に入られようとするのも、その表れかもしれない。

それに気付いたのは登代子さんだ。同じく母子家庭だった経験が、ものを言ったのだろう。

自分達の家だと思って好きにして良いんだよ、家族同然なんだから。

そう伝えた途端、彩葉ちゃんと琴葉ちゃんは気が緩んだのか、同時に涙をこぼした。

それを見た近藤さんと登代子さんも涙が溢れた。

何とも幸せな瞬間だったという。


幸せは、それほど長くは続かなかった。

登代子さんがいよいよ衰えてきたのである。

日中の殆どを眠って過ごすことも増えてきた。

近藤さんも覚悟を決め、一日でも長く穏やかな日を過ごしてもらおうと努力した。

そんなある日のこと。

穏やかな春の日差しに包まれ、登代子さんが珍しくスッキリとした顔で話しかけてきた。

「彩葉ちゃんと琴葉ちゃん、可愛いねぇ。連れていけたらいいのにねぇ」

「何言ってんのよ、母さん。そんなことできるわけないでしょ」

登代子さんは、ほたほたと顔を綻ばせて答えた。

「できる、と思う。死んだ父さんも手伝ってくれるって」

二人掛かりなら楽に連れていける。あんたは見てるだけでいい。

登代子さんは、くだらない作戦を延々と喋り続ける。

いい加減、話に付き合うのが嫌になった近藤さんは、適当に相槌を打って話を終わらせようと試みた。

「一人だけにしてよね」

言われた登代子さんは、とりあえず笑って頷いた。

親の顔が見たい

静江さんは幼い頃、母親に捨てられた。

祖母曰く、静江さんが三歳の春である。母親は静江さんを連れて実家に現れ、一日だけ預かってほしいと頼んだ。

明日の夕方までには迎えに来るからと言い残し、消息を絶ったのだという。

当時、祖父母は二人とも四十歳になったばかりの働き盛りだった。

そのおかげで、静江さんは何不自由なく育ち、高校卒業後は地元の工場で働き始めた。

ところが静江さんが成人式を迎える前のこと。

祖父母は二人揃って事故で亡くなってしまった。

今現在、静江さんは三十三歳。独身のまま、育った家で暮らしている。

家庭を持つのが怖いのだという。自分のような存在価値のない人間は、他人と交わってはいけないというのが理由だ。

何故、自分が母親に捨てられたのか。それが分かりさえすれば、少しは自分に自信が持てたかもしれない。

だが、その手掛かりは一切なかった。母親の写真や着ていた服などは残っている。幼い頃の写真は、祖母に良く似ている。へその緒、髪の毛で作った筆、母子手帳なども、祖母は丁寧に保管していた。

母親がここで生まれて育ったのは間違いないのだが、静江さんにとって、それは赤の他人の痕跡でしかなかった。

祖父母の遺品を整理せずに放置したのも、母親の痕跡を見るのが嫌だったからだという。

今年の初め、静江さんは激しい腹痛に襲われ、救急搬送された。

診断の結果は急性膵炎《すいえん》。幸い、命に別状はなかったが、入院を余儀なくされてしまった。

誰も見舞いに来ない病室で、静江さんは自らの来し方行く末に思いを馳《は》せながら過ごした。

このまま死んだとしても、誰ひとり悲しまないだろう。

職場の人達は驚くかもしれないが、それも数日のことだ。交流がない親戚縁者は、葬式を出すのも面倒くさがるに違いない。

無縁仏の墓に押し込まれて終わりだ。自分という人間が生きてきた証しは、欠片も残らない。

そんなことばかり考えていたら、母親に会いたくなった。

こんな空っぽの人間を産んだ奴の顔が見てみたい。可能ならば話がしたい。何故産んだのか訊いてみたい。

病室の白い壁を見つめながら、静江さんは会うための方法を考えに考え抜いた。

人探しのプロに頼めば確実だろうが、余分な金は一銭もない。

あてでもない、こうでもないと思案を巡らせた結果、思わず口に出してしまうぐらいの妙案が浮かんだ。

「そうだ。呪ってしまおう」

呪われた人間は、死ぬ直前に呪った相手を見るという。だったら、こっちからも見えるのでは。

危険なのは承知の上である。どうせいつ死んでも構わない人生だ。

静江さんは、ありとあらゆる文献を読み、ネットを検索し、呪殺の方法を調べ上げた。

様々な方法があるようだが、相手の名前と顔が分かっていることが必要最低限の条件らしい。

姓は変わっているかもしれない。名前だけで頑張るしかない。その代わり、写真は豊富にある。

それと何より、へその緒と髪の毛が残っている。これはかなり有利だ。材料を揃え、静江さんは真心を込めて人形を作った。自分の血を使って、人形の胸に母親の名前を書いた。

へその緒は胴体に、髪の毛は頭に埋め込んである。

準備はできた。あとは呪うだけだ。

一心不乱に呪い続けて十日目。徐々に感覚が研ぎ澄まされていくのが分かってきた。一カ月を過ぎ、更に意識が尖っていった。半年後、新たなる境地に達してしまった。何処をどう間違えたのか、或いはこれが正解だったのか、静江さんは生き霊を飛ばせるようになったのだという。

自分が常に同じ場所を漂っていることに気付き、じっくりと観察を始めた。明確な住所は分からない。何処かの地方都市だと思うが、断定はできない。

自分を捨てた母親は、古いアパートにいた。一目見ただけで、母親だと分かった。祖母と同じ年頃になったせいか、瓜二つである。

母親は、かなり貧しい暮らしを強いられているようだった。

何だか酷くやつれて見える。見ていたら、無性に腹が立ってきた。

家族を捨ててまで選んだ人生の結果があれか。こんな情けない人間に、私は捨てられたのか。

もしも母親が満ち足りた生活をしていたら、諦められたかもしれない。

静江さんは、更に念を強めた。


半月後、静江さんは枕元に立つ人影に気付いた。

母親だ。直感で分かった。最後の最後に、呪いを掛けた相手の顔を見に来たのだろう。

目的は達成したのだが、不満は残った。

母親は静江さんの顔を覗き込んで、こう言い残して消えたのだ。

「誰？」

どうやら、娘の顔が分からなかったらしい。

その日からずっと、母親は枕元に立ち、顔を覗き込んでは消える。どうしても分からないようだ。

いい加減にしろ。幾ら何でもこれは酷すぎる。幼い頃に捨てたとはいえ、実の娘が分からないはずがないだろう。

何とかして娘だと分からせたい。悩んだ末、静江さんは面白い方法を思いついた。

私自身の幼い頃の写真を枕元に並べておくのだ。そうすればきっと、気付くに違いない。

早速、久しぶりに祖父母の遺品を漁った。へその緒や母子手帳を残しているぐらいだ。当然、初孫が生まれたときや、可愛い盛りである二歳から三歳の写真を大切に保存しているはずだ。

ところが、結果は案に相違した。この家に来てからの写真は幾らでもあるのだが、そこまでの写真は一枚も見つからなかったのだ。

代わりに見つけたのは、妙な紙である。

その紙には、里親登録証と記されてあった。

しばらくの間、理解が及ばなかった。里親というのが何なのかは知識としてある。身寄りのない子を貰ってきて育てる制度だ。

祖父母が、その登録をしていた理由が分からない。

この家に身寄りのない子なんて——。

翌日、静江さんは市役所に行った。工場に提出するために、自分個人の住民票は取った覚えがある。

だが、世帯丸ごとの戸籍謄本が必要な機会などなかった。

初めて目にした戸籍謄本で、静江さんは自分が養子だったことを知った。

引き継ぎが終わり次第、静江さんは工場を辞める。家も売り払い、全国を放浪する予定だ。

いずれ何処かで果てるまで、根無し草として懺悔《ざんげ》の旅を続けるのだという。

こっそり呪う

片山さんは、とある地方都市で暮らしている。

ここ数年、海外からの観光客が激増したせいか、町は少なからず荒れてしまった。

昔の穏やかで落ち着いた町並みは、もう戻ってこない。

このまま、行ける所まで行くしかないのだろう。

近所でも、幾つかの家族は家を売って引っ越してしまった。

片山さんも、この町を逃げ出すつもりではある。ただ、先立つものがない。

三軒先に住む友人の高野も、そのつもりらしい。

どちらかの家で酒を酌み交わしながら、実現の見込みがない計画を話し合うのが常であった。


ある日のこと。

例によって酒盛りが始まった。

しばらくして、高野がこんなことを言い出した。

「小学校の隣に神社があるだろ。あそこが何やら始めるらしいよ」

「何やらって何だよ。具体的な内容が一つもないんだけど」

片山さんが茶々を入れると、高野は頭を掻きながら言った。

「祈祷の一種らしいんだけど。俺も又聞きだから良く分からん」

その神社の神主は、高野の幼なじみとのことだ。

ついこの前、その神社を訪れた海外の観光客が、境内で立ち小便をしたそうだ。

激怒した神主が、海外からの観光客全員を対象として妙なことを始めた。

荒れ果てた町を救うためだという。

上手くいけば、昔の穏やかな町に戻せるらしい。

「だから、町を捨てるのはもう少し待ったほうがいいよ」

「で、その妙なことってのは何なんだ」

「分かんない」

今度は二人して笑った。

話はそれで終わりになるはずだった。

先日、片山さんは海外の観光客に呼び止められた。

手にしたスマートフォンの翻訳機能で、何事か質問を聞かせてきた。

『あちこちから聞こえてくる音は何ですか』

音。何だそれは。

周りを見渡してみたが、それらしき現象がない。

〈すいません、私には分かりません〉と断り、その場を去った。

その後も二度、同じ質問をされたのだが、いずれのときも音は聞こえなかった。


いつもの飲み会で、その体験談を話すと、高岡が目を丸くして驚いた。

自分も全く同じことを訊かれたという。

海外の人間にしか聞こえない音とは何だ。そんなこと、可能なのか。

ああでもない、こうでもないと話し合う中で、高野がぽつりと言った。

「神社がやり始めたことって、これのことかもな。俺、今度会って訊いてみるわ」

数日後、高野が連絡を入れてきた。

「あいつ、認めたわ。何をどうやってるか分からんけど。社の裏にデカいスピーカー置いてあった」

流している内容は分かったとのことで、高野が教えてくれた。

ただ、その詳細は書けない。コンプライアンス的にかなりまずい。

一つだけ言えるのは、とある国は、怒りの沸点が極端に低くなる人が増えるだろうということだ。

片山さんと高野は、今後もその町を離れることはないと決めている。

切り過ぎ

祐子さんは結婚して、今年で四年目。

夫の孝さんは大学の同級生である。ゼミもクラスもサークルも同じだった。

孝さんは特待生に選ばれるほどの優秀な頭脳の持ち主だ。

スポーツも万能で、テニスサークルのキャプテンを務めていた。

素人離れした外見は、モデル事務所からスカウトされたほどだ。

実家も資産家で何不自由ない学生生活を謳歌《おうか》できるのだが、それに甘んじることなく学費も生活費もアルバイトで稼ぎ、質素な生活を営んでいた。

高級なブランド品ではないが、清潔感が溢れる服が暮らしぶりを現している。

誰にでも分け隔てなく優しく、子供が大好きで、料理も得意という完璧な男性だ。

当然ながら、只事でなくモテる。本人にその気は一切ないのだが、常に周りを女性が囲んでいる状態だ。

対する祐子さんは、見た目そこそこ、運動は大の苦手、勉強は中の下をうろついている。

本人自らが言うには、嫉妬深くて猜疑《さいぎ》心も独占欲も強い。

孝さんの周りどころか、同じ空気を吸う資格もないような女性だ。

祐子さん自身もそれはよく分かっており、自分には縁がない世界の人だと思っていた。

早い話、芸能人に憧れるのと同じレベルだ。

こうして一ミリも接点がないまま、二人は卒業した。

孝さんは一流の商社、祐子さんはそこそこの会社で社会人デビューを果たした。

本来なら、それで終わりの話だ。ところが、縁結びの神様の気紛れか、この二人が町中で偶然出会ってしまったのである。

誰に対しても分け隔てなく接してきた孝さんは、当然のように声を掛けてきた。

コーヒーでも奢《おご》るよと夢のような言葉を投げてきた。

たったそれだけのことなのだが、祐子さんには運命と思えた。

孝さんは、新人ながら大きなプロジェクトを任されているとのことだ。

夫にするならこんな人がいい。この人しかいない。

日頃のストレスのせいか、祐子さんは正常な判断ができなかった。

自分の能力や容姿を棚に上げ、孝さんを取り巻く女達を除去すれば良いと思い込んだ。

容量の少ない脳を加熱するほど使い、様々な手段を考えたが、いずれも上手く行きそうにない。

こうなったら神頼みしかない。

思い出したのが、故郷にある縁切り地蔵である。

山道をひたすら登った先に、ぽつんと立っている地蔵だ。

この地蔵に頼むと、ありとあらゆる縁を切ってくれると言われていた。

DVに悩む女性や、職場の人間関係に悩む人が頼ってくる。

願を掛ける日数が長ければ長いほど効果があるとのことだ。

祐子さんは、思い切って職場を辞めて、実家に帰った。

アルバイトしながらお地蔵さんに通う日々が始まった。

虚仮《こけ》の一念恐るべしである。祐子さんは願掛けを百日続けた。

「どうか、孝さんと関わりがある女性との縁を切ってください。私との縁だけ残してください」

そう祈っておいて、まめに孝さんに連絡する。

しつこくない程度に顔を見せに行く。これを百日続け、見事に彼女の座を射止めたのである。

そこからは、とんとん拍子に話が進んで、結婚という最終目的まで到達した。

天にも昇る気持ちの祐子さんは、ここで安心してはならないと自らを戒めた。

この先きっと、言い寄ってくる女が現れるに違いない。

まずは願いが成就したお礼を兼ねて、お地蔵さんを訊ねる。

念には念を入れよとばかりに、更なる願を掛けた。

「ありがとうございました。おかげで幸せな人生を送れそうです。最後にお願いなんですが、これから先もずっと、孝さんに関わる女性との縁を切り続けてください」


そう祈りを捧げてから二日後。

孝さんの母親が亡くなった。健康そのものの女性だったのだが、原因不明の急死であった。

悲しむ暇もなく、続けてお姉さんが事故に遭ってこの世を去った。

葬式が続き、落ち着く間もなく今度は姪が溺死した。

どう考えても、お地蔵様の力である。

祐子さんもそれは認めている。ただ分からないのは、発生した事態の重要度だ。

言い寄ってきた女性達は、他の男性と結婚したり、違う街へ引っ越したり、会社を退職したりで済んでいた。

今回、全員が死んでしまったのは何故か。

取材の最後にこんなことを訊かれた。

「この違いって何なんでしょうね」

思うところを正直に答えさせてもらった。

決定的に違う点として、亡くなられた人達は全員、孝さんと血縁関係にある。

例えば、親子の縁を切ろうとしても、法律的には不可能である。

それほど血の繋がりというのは強い。

そういう人と縁を切る一番確実な方法は、どちらかが死ぬことだ。

「あ」

一言だけ呟いて、祐子さんは黙り込んだ。


今現在、孝さんに関係する女性は、殆どいなくなってしまった。

落ち着いた状況なので、祐子さんはとりあえず様子を見ているそうだ。

ちなみに祐子さんは、二度妊娠している。

どちらも女の子で死産だった。

聖域

倉本さんには、琉奈さんという自慢の娘がいる。

母一人、子一人の家庭には苦労も多かったが、それを物ともしない愛情があった。

琉奈さんは幼い頃から、母親の頑張る姿を見てきている。

将来は、一流企業に就職し、母親に楽をさせるのが夢だ。

その夢をエンジンにして人の何倍も勉強し、難関大学の狭き門を余裕で突破した。

奨学金も手に入れ、とりあえず四年間の不安は取り除いた。

親としては、それだけでも十分なのだが、琉奈さんは更にアルバイトで生活費を稼ぎ、月々の仕送りの負担の軽減を試みた。

最も掛かるのが部屋代だが、これも学生寮を使うという方法で切り抜けようとした。

けれどもこれが思わぬ邪魔に遭ってしまった。

学生寮が老朽化し、建て替えられることになったのだ。

完成するまでの間、アパートで暮らすしかない。

そのぐらいの経費は大丈夫よと、倉本さんは伝えたのだが、琉奈さんは受け入れずに突拍子もない方法で解決した。
自力で安い物件を探し回り、並外れて安い部屋を見つけ出したのである。
住宅地の中にあるマンションで、とりあえず環境が良い。
交通の便も良く、買い物も便利、マンションの防犯設備も完璧だ。
学生が住むには勿体《もったい》ない物件である。それでいて、一般的な賃貸料の半分以下だ。
探せばあるものだと琉奈さんは喜んだのだが、世の中はそれほど甘くない。
その部屋は、近隣でも有名な瑕疵物件であった。
不動産屋も最初に事情を打ち明け、お勧めはできないと頭を下げたぐらいだ。
さすがの琉奈さんも迷ったのだが、とりあえず見てから判断しようと覚悟を決めた。
やはり物件としては最高である。
駅まで歩いて五分、途中にスーパーマーケットもある。
大学にもアルバイト先にも近い。
長い間、入居者がなかったおかげで、逆に室内は綺麗なままだ。
瑕疵物件というからには、何かしら心霊現象があるのだろう。
どういったことが起こるのか、琉奈さんはその詳細を訊いてみた。

不動産屋も腹を括ったのか、包み隠さず説明し始めた。

建ったばかりの年に、首を吊った女性がいた。

理由は知らないが、よく彼氏と喧嘩していたから、恋愛関連のトラブルで発作的に自殺したのだろう。

部屋のドアノブにベルトを引っかけて首を吊った。

現れるのは、この女性である。

死んだときと同じくドアノブで首を吊った状態だ。

ということは、入居者が見つけて逃げようとしても出られない。

ドアの前で首を吊っているから近づけない。

朝になれば消えてしまうが、毎晩のように現れる。

一週間保てば良いほうなんですと不動産屋は頭を下げた。

ところがそれを聞いても、琉奈さんは契約を断ろうとしなかった。

その程度なら何とでもなる。

住んだ人全員が自殺するとかだったら諦めたかもしれないが、朝になれば消えるだけだ。

その間、寝ていれば良い。何なら、深夜のバイトに行くのもありだ。

「貴方みたいな人、初めてですよ」

不動産屋は呆れ顔で手続きを完了したという。


琉奈さんの挑戦は見事に成功した。

何日経っても、ドアノブで首を吊る女性は現れない。

雰囲気が悪くなるどころか、至って快適な暮らしである。

この状態が続くのなら、わざわざ学生寮に入らなくても構わない、いやいっそ社会人になってからも暮らしていける。

何がどう幸いしたのか分からないが、とにかくこれで万事解決したかに思われた。

様子が変わったのは、その年の夏である。


初めての帰省で気持ちが緩んだのか、琉奈さんは住んでいる部屋のことを話してしまった。

どちらかというと、そういった部屋をねじ伏せている自分を褒めてほしかったのかもしれない。

探し当てた状況、現れるという霊の正体、今現在の暮らしぶりまで、琉奈さんは事細かに語った。

瑕疵物件に住んでいるなどと言えば、間違いなく心配するだろうから黙ってやったと頭を下げたのだという。

事情を全て知った倉本さんは、絶句した。

幼い頃から、人一倍勝ち気な娘なのは知っている。

それは、母親に心配させたくないからだというのも分かっている。

だから、大抵のことは本人に任せていた。それで上手く行っていたのも確かだ。

けれど、これは違う。これは駄目だ。

金銭的な問題解決のために、我が子を瑕疵物件に住まわせる親が何処にいるというのか。

そうは言っても、至って合理的な人間である娘が感情論で動くとは思えない。

たとえそれが大好きな母親の願いだとしても、納得することはないだろう。

悩みに悩んだ末、倉本さんが辿り着いた結論は神頼みであった。

近くの神社でお札を貰ってくる等という安易な方法ではない。

倉本さんが向かったのは、幼少期を過ごしていた村だ。

村の裏山に、地元民しか知らない霊験あらたかな神社がある。

社に祀られた神の像は、小さいながらも凄まじい力を持ち、ありとあらゆる悪霊を退けると言われていた。

村人達は、その像に持ち込んだ布を巻きつける。七日後、その布を持ち帰って床の間に飾る。布は、神の力を宿した神符として家を守るのだという。

倉本さんは、この像を頼ろうとした。

ただ、正直なところ七日も待っていられない。一分一秒でも早く、娘を守りたい。

娘の帰省が終わるまでに何とかしなければ。

焦った倉本さんは、非常手段に出た。

神像から少しだけ身を削り取り、お守り袋に入れて娘に渡したのである。

前例がなかったわけではない。神像は所々、欠けている。

倉本さんと同じように、像を削った人間がいるということだ。

神像の石は期待通り、抜群の効果を示した。

袋を持っているだけで、部屋中が清浄な空気に満ちていくのが分かる。

倉本さんは、お守り袋の正体を明かさず、私の気持ちだからとだけ言って、琉奈さんに渡した。

心配性な母を笑いながら、琉奈さんはお守り袋をそっと上着の内ポケットに忍ばせ、マンションに帰っていった。

その晩、琉奈さんが弾んだ声で電話を掛けてきた。

「何だかね、部屋の空気が澄んできたの。清々しいって感じ。ねぇ、あのお守りって空気清浄機か何かなの？」

そう言って笑う。

さすがだ。神様にお願いした甲斐があった。

倉本さんは、娘の笑い声に涙しながら、神様に感謝したという。


三日後、倉本さんは再び村に戻った。

神様にお礼をするつもりで、色々と買い込んである。

のんびりと登っていった倉本さんは、思わぬ状況に足を止めた。

社の周りに村人達が集まって何事か話し合っている。

時折、怒号を発する者もいる。只事ではなさそうだ。

像を削ったことと関係があるのかもしれない。

倉本さんは、少し離れた場所に身を潜め、事の成り行きを見守った。

老人が声を荒らげて言う。相手もそれに応じ、怒声を浴びせる。

多少落ち着いた者が間に入り、双方を宥める。

「だから言っとるだろが、どうしようもないて」

「犯人捜して教えたらんと」

「知らん知らん、自業自得や」

気になる言葉ばかり出てくる。

倉本さんは居ても立ってもいられなくなり、その場に入っていった。

幸い、見知った顔がある。ちょうど今、到着したという体を装って話しかけた。

「あの、どうかされたんですか」

「あ？　ああ、あんた新田の倉本さんか。帰ってきてたんか」

「あ、はい。娘の合格祝いのお礼にお参りしようと。あの、犯人とか聞こえましたけど」

「そや。誰ぞが像を掻きよったんや。それはええんやが、正式な手続きしてないから、えらいことになるぞと」

正式な手続きがあるのか。えらいことになるとは具体的にどういうことが。

男は得々と教えてくれた。

神像を掻いて持っていっても、持ち込まれた場所に神様はお越しになる。

むしろ、そのほうが強力だ。けれどそれは、特別なとき以外はやらない。

なぜなら、その場所が聖域になるからだ。

「この神さん、強いけど荒いからな。聖域になったら生贄を持っていきよる。昔は生きた牛とか山羊とか用意したんやが、今はそこまでやる奴がおらんのよ」

倉本さんは山道を走って下りた。

生贄って何よ。どうするつもりよ、うちの子を。止めてよ。

知らず知らず、悲鳴を上げていた。

清浄な空間と化した部屋で、琉奈さんは眠るように亡くなっていた。

お守りは手作りらしきクッションの上に置かれていたという。

まだ足りない

大野さんが生まれ育った村に、大きな竹林がある。

大野さんの祖父、宗次郎さんが所有者だ。

この竹林の中に、墓石がぽつんと一基だけ建っている。

実をいうと、宗次郎さんには何ら関係ない墓である。

その経緯は村の年寄りしか知らない。

だが、宗次郎さんの遺産相続人である大野さんは、詳細を聞かされていた。

竹林も遺産に含まれているからだが、正直なところ、知らなければ良かったという情報であった。


話は大戦後の頃まで遡る。

村に稲田という仲の良い夫婦がいた。どの家もそうだが、稲田家は特に貧しさを極めていた。

それでも夫婦はお互いに助け合い、日々を精一杯生きていた。

村人達も、そんな稲田夫婦を健気に思い、何くれとなく世話を焼いた。

そのまま穏やかに暮らしていけるはずだったのだが、思いがけない不幸が待ち伏せていた。

妻が難病に冒されてしまったのだ。

当時は、近くにいるだけで他人に移ると恐れられていた病である。

有効な治療方法が確立されておらず、隔離するしか方法がなかった。

だが、夫は激しく抵抗し、妻を連れて逃げた。

逃げ込んだ先が竹林であった。

一旦はそこで生きようとしたらしいが、夫が無理心中を謀ったらしい。

胸を刺された妻と、自らの喉を掻き切った夫の遺体が発見されたのだが、伝染するのを恐れ、二カ月もの間放置されていた。

墓が作られたのは、村人が哀れに思ったからではない。

二カ月間ずっと、夫の声が聞こえてきたからだ。

呻き声だけだが、風に乗って村まで届く日もあった。

夫の呻き声に妻の泣き声が混ざるときもあった。

竹林の持ち主が解決しろという村人達の非難に対し、これは村全体の問題だと宗次郎さん側が反論し、なかなか決着が付かなかった。

最終的に村側が折れ、墓を建てた。その代わり、宗次郎さんの家が供養を任されることになった。

これが竹林の墓の由来である。

竹林を引き継いだ時点で、宗次郎さんは墓石を取り除こうとしたらしい。

現場まで車が入れないため、手作業で撤去を試みたのだが、思いがけない邪魔が入った。

作業員が墓石に触れた途端、呻き声を上げて倒れたのだ。

ロープを掛けて引き倒そうとした作業員も同じ状態で倒れた。

その場にいた作業員全員が倒れ、大騒ぎになったという。

それからずっとそのままである。

墓は触れないように高い塀で囲った。

時折、肝試しと称して若者達が入り込んでは、厳重な囲いに諦めて帰っていく。

竹林を放置できれば良いのだが、そのままだと周囲の田畑に悪影響を及ぼすため、伐採だけはしなければならない。

かなりの面積があるため、自分達だけではどうにもならず、人を雇う。

毎年のことであり、金銭面の負担が大きい。

タケノコは沢山出てくるものの、そんな曰く付きの土地で採れた物が売れるはずもない。

要するに、何一つ取り得のない場所なのだ。

遺産相続者は、大野さんを含めて四人いる。

大野さん自身は竹林の相続を放棄しても良いと思っている。いっそのこと、国に返すのもありだ。

もちろん、竹林だけを特定して放棄することは不可能である。

その他の金銭や土地家屋も全て放棄しなくてはならない。

結構な金額が失われてしまうが、将来を見据えると放棄したほうが良いのは確かだ。

大野さんは、覚悟を決めて他の相続者と話し合うことにした。

幸いにも、二人は快諾してくれた。

残った一人、康隆という叔父が首を縦に振らない。

康隆自身は放棄を受け入れているのだが、妻の律子が難色を示した。

財産が惜しいというわけではない。意外な理由である。

律子は近所でも有名な慈善家で、様々なボランティア活動に精を出していた。

愛は全ての悩みと苦しみを癒やす万能薬と称し、日本中を走り回っている聖女だ。

この律子に墓の由来を明かしたのが間違いであった。

律子は号泣し、私が一生を掛けてその魂を救ってみせると宣言したのである。

止めようとした康隆は押し切られ、すごすごと引っ込んだ。

こうして宗次郎さんの財産は、竹林を含めた全てが康隆に押し付けられたのである。

律子は早速、竹林に向かった。

実際の墓の惨状を目の当たりにし、再び号泣した。

触れるのは危ないと止める夫を一喝し、律子は墓を掃除し始めた。

不思議なことに、何も起こらなかった。

周りの雑草も抜き、美しく磨き上げた墓石に線香と水を供え、律子は手を合わせて読経しながら三度泣いたという。


何事もなく墓掃除を終えたと聞き、大野さんは後悔したらしい。

そういう方法があったのか、撤去ではなく大切にすれば何も起こらなかったのだ。

大切に墓を守っていれば、財産放棄しなくても良かったのかも。

悔しいが、今更どうしようもない。

他の財産放棄者も同じように思ったのだろう、大野さんに対する風当たりが強くなった。

そんな中、宗次郎さんだけは違った。

憮然とした表情で、こう言い放ったのだ。

「たかが愛ごときで、どうにかできるわきゃないだろう」

残念ながら、宗次郎さんの言葉は見事に当たった。

律子は竹林から出てこなくなった。

朝から晩まで読経を続けている。食事は康隆が運ぶ。大小便は、その辺りに垂れ流す。

読経しながら睡眠を取るという器用な真似をする。

小太りだった身体は痩せ細り、命の危険すらあるのだが、今のところ大丈夫のようだ。

読経以外に口にする言葉は一つだけ。

「まだ愛が足りない」

その言葉に応じて、何処からか男女の声が聞こえてくる。

男女の声は時に呻き、時に笑い、止むことがない。

来月でちょうど一年になる。

いつまで続くか、見当も付かないという。

いるに決まっている

杉田さんの家の隣に、長い間放置されている土地があった。

宅地として売りに出されていたのだが、ようやく売れたらしく、車や人が出入りするようになった。

少し前に、不動産業者が挨拶に来ていた。

マンションが建つとのことだ。まずは工事現場でよく見かける塀が建てられた。

杉田さんの家は三階建てだ。最上部の部屋の窓から、中の様子がよく見える。

特に興味はないのだが、家事の合間に何となく覗き込んでしまう。

地盤調査と地鎮祭が終わり、今は土地を掘っているようだ。思いの外、大きな音がする。

マンション用地ということで、かなり深く広く掘っている。

掘り始めて四日ほど経った頃。

いつもの騒音が聞こえないことに気付いた。

覗いてみると、何やら作業を中断して話し合っているのが見て取れた。

一人が携帯電話を取り出し、現場を撮影している。

もう一人は口頭で報告し始めた。途切れ途切れだが、その内容が風に乗って耳に届いた。

「そう——イセキがね、イセキです、イセキ——ええ、まずいですね」

イセキというのは遺跡のことかもしれない。

気になった杉田さんは、じっくりと現場を見つめた。

なるほど、それらしき物がある。言われてみれば遺跡に思える。

この付近で遺跡が出土したことはなく、意外といえば意外だ。

杉田さんは、このマンションの施工主に同情した。

遺跡などというものが発掘されてしまったら、最低でも一カ月以上は工事が止まると聞いたことがある。

下手をすれば、二カ月以上掛かるかもしれない。

けれど、たとえ何カ月止まろうとも、出土した以上は役所に報告しなければならない。

確か、調査費用は施工主が持つはずだ。当然、大赤字になる。

それに加えてマンションなら、入居者への説明もある。

最悪、貴重な遺跡だったりしたら、工事そのものが中止になる可能性もあるだろう。

そこまでは望まないが、しばらくの間だけでも騒音に悩まされずに済むのは有り難い。

「貴重な遺跡でありますように」

杉田さんは正直に本音を呟きながら、窓を閉めた。

翌日。
それまでとは違い、杉田さんは明らかな興味を持って工事現場を観察した。
と言っても、興味の対象は工事ではなく遺跡調査のほうだ。
一般的な日常生活において、それほど頻繁に見かけるようなものではない。
ましてや、間近で実施されることなど滅多にない。
近くで見学とかできないかな。スマートフォンのカメラでズーム撮影してみようか。
色々と考えながら、窓を開けて驚いた。
何と、普段通りに工事が始まろうとしている。
昨日見かけた遺跡らしきものも、いつの間にか掘り起こされてなくなっていた。
重機の音はしなかったから、全て手作業で行われたに違いない。
作業員に、そこまでの負担を強いた理由はただ一つ。
密かに事を終わらせたかったからとしか思えない。
要するに、スケジュール通りに作業を進めるほうを選んだわけだ。
杉田さんは、犯行現場を目撃した気持ちになってしまい、慌てて窓を閉めた。

いやいやいや、これは駄目な奴だろ。これって通報したほうがいいのかな。でも何処に。

散々悩んだ末、杉田さんは黙殺を選んだ。

下手に関わらないほうが良い。本当に遺跡かどうかも分からない。

青臭い正義感に訴えて遺跡を守ったところで、今現在の自分の生活が変わるわけでもない。

下手なことをして、逆恨みでもされたら大変だ。

自分を納得させるには、十分な理由である。

一つだけ、気になる点もある。

遺跡とか埋めて、祟られないのだろうか。

入居者全員が不幸になったりとか。死人が出たりとか。

いずれにせよ、それも自分には関係ないことだ。無視だ、無視。

そうは思うものの、微かに罪悪感は残る。

杉田さんは、その日限りで工事現場を覗くのを止めた。

着々と工事は進み、マンションは予定通り完成した。

ハイグレードマンションとまではいかないが、なかなか豪華な外観である。

引き渡しを心待ちにしていた家族が、次々に引っ越してくる。
一週間も掛からず、全部で六十四もの家族がそれぞれの営みを始めた。
杉田さんは複雑な思いで、住人達を眺めていた。
幸せそのものの人達の足元に、遺跡が埋められているわけだ。
とりあえず、今のところ何も起こりそうにない。
やはり、自分の勝手な思い込みだった。
それはそうか、たかが遺跡だもの。何か起こるとしたら、工事中に起きるよね。
そう簡単に祟りや呪いがあるわけがない。
気が抜けて安心した杉田さんを逆撫でするかの如く、一人目の犠牲者が出た。
自室からの飛び降り自殺である。
亡くなったのは十四歳の少女とのことだ。
この自殺が引き金となった。
まずは、不思議なことにマンションの印象が徐々に変わっていった。
以前のハイグレードな外観が、安っぽく派手なだけの浮ついたものに見える。
居住者達にも変化が生じている。
皆、異様に物静かだ。笑顔は一つもない。子供の泣き声や、走り回る音もしない。

最初の頃、犬の散歩に向かう人もいたのだが、一匹も見かけなくなった。

家族で出かけるときは、お互いに目線すら合わさない。軍隊の行進のように列を乱さず歩いていく。

しばらくすると、もっとおかしな状況になってきた。

月に何度も救急車がやってくる。一日に三度、来たこともある。

もちろん、自殺者は後を絶たない。

そんな状態でも、不思議と売れ続けている。

瑕疵物件なのは確定なのに、意に介さず入居者が次から次へとやってくる。

ついこの間、誰かの大声に気付いた杉田さんは、そっと窓から覗いた。

マンションのエントランス前で、中学生ぐらいの女の子が泣き叫んでいる。

「何で見えないのよ、一杯いるじゃん！　こんなとこ入ったら皆死んじゃうってば」

閉口した父親に頬を叩かれ、女の子は更に泣きだした。

ずるずると引きずられ、マンションに入っていく。

「いやだってば！　ほら、中にも一杯いるってば！　死人ばっかりじゃん！　何か凄いのもいる、あれ何よ！」

女の子の声が遠ざかっていく。
杉田さんはマンションを見つめた。
自分には全く見えないが、中は死人で満ちているらしい。
何か凄いものもいるようだ。
「まぁ、いるに決まってるわよね」
杉田さんは、そう呟いて窓を閉めた。

血の娘

小谷さんには十一歳の息子と、十歳になる娘がいる。

娘の名前は咲那、亡くなった夫が付けた名だ。

目元が夫に似て、見るからに利発そうな子だ。

人一倍優しい性格で、野良猫を見かけたら拾ってきてしまう。

一時は、七匹もの猫で大変だったという。

小学校に入ってから、その性格と頭の良さに見た目も相まって、たちまち人気者になった。

常に身の回りに人の輪ができる。本人にはその気がないのだが、男子生徒のみならず、女子生徒からも憧れの対象になっていた。

それに対して息子の幹夫のほうは、親が言うのも何だが今一つパッとしない子だ。

見た目そこそこ、頭脳は中の下、運動能力も秀でるものはない。

咲那に比べ、平均点以下しか取れない子だなと見下してしまう。

その都度、とんでもないことだと小谷さんは自らを戒めた。

幸いにも幹夫は至って呑気な子で、咲那が何かで表彰されたり、全教科のテストで満点を取っても、心から喜ぶような子だ。

その穏やかさだけで十分とすべきだ。

小谷さんはそう思うように心掛けた。


春になり、新学期が始まって間もなくのこと。

パート先から戻り、洗濯を始めた小谷さんは、咲那のシャツの右袖口に小さな血痕を見つけた。

ケチャップや絵の具とは明らかに違う。色褪せ方から判断すると、それほど前ではないようだ。

本当に僅かな血痕であり、それほど気にすることもないとは思うが、咲那の綺麗な肌に傷が残るのは避けたい。

学校から戻った咲那が、塾に向かう前に呼び止めて右手首を調べる。

特に何ともなっていない。

全身くまなくとはいかないが、ざっと見たところ、何処にも傷は見当たらない。

どうかしたのと訊く咲那に、危険物を持っていないか所持品調査よと笑わせる。

笑顔のまま、外に出すのが親としての役割だ。

小谷さんは、亡くなった夫がよく口にしていた言葉を実践して咲那を塾に送り出した。

忙しい家事をこなしているうち、血痕のことは綺麗に忘れていた。


二日後。

またしても咲那の服に血痕が付着していた。

今度は靴下である。今回も小さな痕だが、場所がおかしい。

足の裏なのだ。

靴を履いているときの傷にしては、帰宅してきたときの歩き方に変化がなかった。

知らない間に虫が中に入っていて、踏み潰してしまったのかもしれない。

確認のため、靴を調べてみた。

それらしきものは、微塵《みじん》もない。綺麗なままだ。おかしなところは何もない。

裸にして徹底的に探せば何か分かるかもしれないが、そうまでするようなことでもない。

今回も放置することにした。


その翌日。

洗濯機の前で、小谷さんは迷っていた。

たかが小さな血痕だった。洗えばすぐに落ちるぐらいの僅かなものだ。

何より、本人は何処も怪我していない。

それなのに、何か怖い。嫌な予感がする。

「ああもう、何やってんだろ私」

自分の頬を軽く叩き、小谷さんは汚れもののカゴの中身を取り出した。

「嫌ぁっ！」

思わず悲鳴が湧いた。

右の靴下が血塗れである。さすがにこれはおかしい。

これほどの血液を流すような怪我なら、普通に歩けるはずがない。

「どうしたの、母さん！　大丈夫？」

悲鳴に驚いたのか、ゲーム機を持ったままの幹夫が走ってきた。

「これ見て」

震える手で靴下を差し出す。

幹夫はきょとんとした顔で靴下を見ている。

「……靴下がどうかしたの？」

「見て分からないの、血塗れなのよ」

「は？」

幹夫は眉を顰めて靴下を見ている。裏返して入念に調べた上で、洗濯機に入れた。

「ちょっと何すんのよ、血を洗い流さなきゃ」

「疲れてるんだよ母さん、今日は僕がやるから座ってなよ」

居間のソファーに座らされた小谷さんは、唖然とした顔で幹夫を見送った。

幹夫は鼻歌を歌いながら洗濯を始めている。

本当に見えなかったのか。あれほど血に塗れた靴下だったのに。

頭を抱えようとして小谷さんは気付いた。

そうだ、あんなもの触ったんだから、手が血塗れのはずだ。

これを見せたら――両手は綺麗なままだった。

何が何だか分からなくなり、小谷さんは本当に頭を抱えた。


土曜、日曜と両日とも何も起こらなかった。

咲那の衣類にも異状は認められない。

やはり疲れていただけなのか。夫を亡くしてからずっと、気の休まるときがなかったのは確かだ。

けど、もう大丈夫。原因が分かったら、どうってことはない。
小谷さんは、どうにかこうにか自分を取り戻した。

月曜日の夕方。
何事もない日が二日続いたせいか、小谷さんはすっかり油断していた。
まだ何も解決していないぞと言わんばかりの物が現れた。
背中一面が血塗れのシャツである。
またしても悲鳴を上げそうになったが、必死でこらえた。
これは妄想、本当の血じゃない。
自分に何度も言い聞かせ、まずは己の手を見た。
両手とも綺麗なままだ。
「ほら。やっぱり汚れてない」
他の洗濯物も血で汚れていない。
そこまで判断できた上で、改めてシャツを調べた。
どう見ても血だ。襟首の辺りから滝のように流れ落ちている。
けれど、触った感触は滑らかで普通の布そのものだ。

血でベタついたりはしていない。

念のため、流水の下に置いてみた。水が血で赤く染まることもなく、シャツが濡れるだけだ。

シャツは濡れたのだが、依然として背中は血に塗れたままだ。

小谷さんは混乱し、とりあえず洗濯を済ませることにした。

洗濯を終え、ベランダで竿に干されてもシャツは相変わらず血に染まっている。

血染めのシャツが風になびくのを小谷さんはぼんやり眺めていた。

靴下はどうだったんだろう。最初のは血痕が小さかったから、見逃したのかもしれない。

かなり汚れていた靴下は、幹夫が畳んでくれたから分からない。

いや、そんな些末《さまつ》なことはもういい。

問題は何故こんなことが起こるのかだ。

眉間に皺《しわ》を寄せ、ああでもないこうでもないと考えすぎたせいか、小谷さんは幹夫が話しかけているのに気付かなかった。

「母さんてば」

「ああ、もう！　びっくりするじゃない！」

何だか幹夫の様子がおかしい。

普段、見せたことのない沈んだ様子に、小谷さんは戸惑った。

「何？　どうかしたの？」

俯いていた幹夫は、何事か決心したように顔を上げた。

心なしか顔色が青い。

「落ち着いて聞いてほしいんだけど。今日、友達が教えてくれたんだ」

幹夫の声が震えている。

よほど重大なことらしい。

嫌な予感がする。何かとんでもないことを言う気がする。

幹夫の話は、小谷さんの予想を遥かに超えていた。


咲那のクラスに村田乃愛って女の子がいるんだけど。

その子が酷いイジメにあってるんだ。

最初は口を利いてもらえないぐらいのイジメだったんだけどね。

ここ最近は、とんでもない暴力を受けてるらしくて。

髪の毛がいきなり短くなってたりとか。

それは、ハサミで滅茶苦茶に切られたんだって。

耳にピアス穴空けられたとか。目の前で靴に画鋲《がびょう》入れて、無理矢理履かせたりとか。犬に足首噛みつかせたりとか。

この間なんか、ランドセルにカミソリが仕込んであって、背中をざっくり切ったんだって。でね、母さん。

そのイジメやってるグループのリーダーが咲那なんだよ。


耳を塞ぎたくなるようなイジメのリーダーが咲那。

何を言ってるのか、この子は。

小谷さんはポカリと口を開けて幹夫を見つめた。

「聞いてる？　母さん。僕、直接訊こうと思って咲那のとこに行ったんだ。でも訊けなかった。周りの連中がしっかりガード固めてるから近づくこともできない」

イジメ。リーダー。咲那。

「ごめんね、母さん。僕じゃ何もできないよ。僕、いつも母さんが言ってるように平均点以下の子だから。母さん、何とかしてね。あ、今夜はカレーがいいな。それじゃ僕、平均点目指して勉強するから邪魔しないでね」

ああ、この子、気にしていたのか。

狼狽えた小谷さんは、幹夫に縋《すが》りつこうとした。

「違う、違うのよ、そうじゃなくて」

その手を振り払い、幹夫は部屋に入り、鍵を掛けた。

一人きりになった小谷さんは、先ほどの言葉を反芻《はんすう》した。

耳にピアス。靴に画鋲。足首に犬。ランドセルにカミソリ。

「ああ、だからか」

袖口に付いていた僅かな血痕はピアス。

靴下の底に付いていたのは画鋲。

血塗れになった靴下は犬。

そして、背中が血塗れのシャツは、カミソリ付きのランドセル。

「何だ、そういうことか」

謎が解けた瞬間、小谷さんは無言で泣いた。

そのまま、涙を流しながらカレーを作り始めた。

「ただいまー。あ、お母さん、今夜はカレー？」

愛らしい声が玄関で響いた。

イジメのリーダーのお帰りだ。

台所にトップアイドルも逃げ出しそうな女の子が現れた。

小谷さんは、いつもの笑顔で出迎えた。

「そうよ、母さん、腕によりを掛けて作っちゃった。洗濯済ませちゃうから、カゴに出しといてね」

「はーい」

出来上がったカレーをトロ火に掛け、脱衣所へ向かう。

さてさて、我が家が誇るイジメのリーダー様、今日はどんな血を流してきたんですか。


カゴの中身を取り出す。

「ああ、これはあんまりだわ」

元々は真っ白なシャツのはずだ。それが真っ赤に染まっていた。

いったい、何をしたらここまで血が流れるのか。

「まあいいか。とりあえず洗濯して御飯にしよう。あ、いけない。カレーが焦げちゃう」

考えるのを放棄したかのように、ダラダラと言葉を垂れ流しながら、シャツを洗濯機に叩き込み、小谷さんは台所に戻った。

翌朝。

学校の非常連絡網に通知があった。

女子生徒が一人、校舎の窓から身を投げて亡くなったとのことだ。

今現在、咲那は十六歳になる。

近い将来、芸能人になるのは間違いないと言われている。

けれど小谷さんには、全身が血に塗れた化け物にしか見えない。

ヤミ金の黒田君の話　居心地の良い部屋

黒田君は、今年二十四歳になる。

職業は、表に出せないことなら全て請け負う何でも屋だ。

一応、芯となるのは個人経営のヤミ金融。小口の貸し付けを幾つも抱え、質より量で稼ぐ。
二、三万でもオッケーだ。逆に、三十万を超える額は受けない。
貸し付けるネタ金は彼個人の資産ではない。

地域を縄張りにしている大手のヤミ金がバックに付いている。

そこから引っ張ってきた金を簡単な手続きで貸し付ける。

回収も自分でやるから、人件費が要らない。出た利益の何パーセントかをヤミ金に戻すという仕組みだ。

黒田君、元々はホストである。

外見はまずまずだが、優しそうな雰囲気が魅力的な青年だ。

高校を出てすぐ、家を飛び出して都会に出てきた。

ホストに憧れ、入店もできたのだが、自分に酒アレルギーがあるのを知らなかったのだという。

これで、飲んでなんぼの仕事全てが没になった。

とはいえ、故郷に戻るのだけは、どうしても避けたい。

母親が連れてきた男は、ネチネチと陰湿な虐待を好む変質者だった。

女はもちろん、男でも抱けると豪語するだけあって、黒田君も二度犯されたことがある。

今でもまだ、実家にいるはずだ。帰るわけにはいかない。

多少、法律に違反してようが、金になるなら黒田君は全く気にしない。

自分は何をしても許されるだけの過去があるというのが、その理由だ。

「幸せな奴は、どんどん幸せになっていく。幸せ貯金に利息付いてるんすよ。だから、少しぐらい不幸になっても、全体的には幸せをキープできるっしょ」

これが彼独特の理論である。

だからだろうか、他人を欺き、餌食にし、踏みにじっても、黒田君は笑顔で明るく過ごしている。

これは、そんな黒田君にまつわる話の一つ。

その日、黒田君は珍しく愚痴をこぼしながら街を漂っていた。

大口の資金源であるヤミから呼び出しを喰らったのだ。

焦げ付きはない。縄張りもキチンと守っている。

あいつらが相手しないような若い奴らばかり選んでいる。もちろん、薬とかは手を出していない。

間違っても、商売の邪魔にはなっていないはずだ。

だったら、何だ。何の用だ。

引きつった笑顔で事務所への狭い階段を上がった、
ニコニコローンなどという悪い冗談みたいなドアをノックする。

「黒田です」

「おー、黒ちゃんか。入ってくれるか」

ドスの利いた声が返ってきた。

名目上はニコニコローンの店長、裏の肩書きは二桁を超えると言われている。

逆らうと怖いが、味方にすると軍隊並みに心強い。

「何か御用でしょうか、焦げ付きとかないはずですけど」

「まぁまぁ、慌てなさんなって。まずはこれを見てくれるか」

ポンと机に投げ出されたのは、何処かのマンションの写真だ。

何処にでもあるような、まるで特徴のない部屋の写真もある。

「それ、うちの得意先が建てたマンションなんだ。突然で悪いんだけど、その部屋に住んでくれんかな」

聞いたことがある。瑕疵物件は、誰か住んだら次の借り手に告知しなくていいとか。

黒田君は、頭に浮かんだことをそのまま伝えた。

「違う違う。瑕疵物件じゃないよ。それと、その誰か住んだらどうこうは嘘だよ。何人住んでも新しい借り手には告知しなきゃならない。法律で決まってるからね」

そうなると、いよいよ理由が分からない。

店長はニヤニヤ笑いながら、答えを教えてくれた。

この部屋では誰も死んでいない。事故も起きていない。

ただ、住んでいた奴は、消息不明になるか、自殺するかの二択を選んでいる。

自殺するのも部屋ではなく、違う場所で飛び降りたり飛び込んだり首吊ったりしている。

だから、この部屋自体は瑕疵物件ではない。

「でもさ、いつまで経っても原因不明のままじゃ一々説明するのも面倒だろ。誰かしっかりした奴を住まわせて、何が起こるか調べてほしいって頼まれちゃってさ」

「すいません、失礼します。お疲れさまでした」

「ただとは言わない。部屋代を払うよ。そっちがじゃない、こっちが部屋代としてお金をあげる。それと、何に使ってもいい。女連れ込んで売りさせてもいいし、好きなようにしていいよ」

怖くないといえば嘘になるけれど、バカ正直に住んでいる必要もない。

監視が付くわけでもないし、適当にネカフェで時間潰すなり、女と一緒にホテルにしけ込むなり、逃げ道は幾らでもある。

うん、損はないかもな。とりあえず、実物を見てみよう。

数秒迷っただけで、黒田君は快諾した。


それから半時間後。

マンションに着いた黒田君は、途中で買った塩をバッグから取り出し、いつでも使えるようにポケットに入れた。

霊には塩が効く程度の知識だったが、一歩を踏み出す支えにはなる。

指定された部屋は、五階の角部屋。共用部の通路から、すぐ近くの商店街が見える。

マンションの後ろは公園だ。環境としてはまずまずの合格点である。

鍵を開け、深呼吸し、思い切ってドアを開ける。

窓から差し込む陽の光で、室内は隅々まで見えた。

その場に立ったまま、しばらく見渡す。

特に妙な臭いとか音とかはない。念のため、ドアを開けたまま部屋に入った。

空き室でも風は通していたとのことで、室内は湿気もなく快適だ。

玄関を入ってすぐに四畳半の洋間、廊下を進むと左側に風呂とトイレ。どちらも新品同様だ。

右側には和室が二部屋。突き当たりがフローリングの居間とキッチン。テーブルの周りに椅子が四脚。

それ以外にもテレビ、布団、冷蔵庫と洗濯機。

最低限必要な物は揃えてくれていた。

居間からベランダに出る大きな窓を開け、椅子に座って外を眺める。

青空が綺麗だ。こんなにのんびりと空を眺めるなんて、何年ぶりだろう。

「いや、最高じゃん」

思わず独り言が零れた。

黒田君は、しばらくここで暮らす決意を固めた。

その夜。

コンビニの弁当をおかずに、ビールを飲みながらテレビを見ていると、急に眠気が襲ってきた。

真新しい布団を敷き、寝っ転がってスマートフォンを手にしたことまでは覚えている。

ふと、目が覚めた。

真夜中だ。何故、目が覚めたか記憶を弄《まさぐ》る。

そうだ。思い出した。誰かが耳元でボソボソと話しかけてきたからだ。

囁き声とともに、息も掛かった気がする。夢とは思えないぐらい質感の伴った声だった。

ただ、何と言っていたかが思い出せない。

何か言われたのは確かだ。けれど、一言も残っていない。

もしかしたら、これが何かの始まりなのだろうか。

ポケットにしまってあった塩を取り出し、息を潜めてじっと待った。

何も起きそうにない。横になり、眠ったふりをしてみる。

やはり何も起こらない。

いつの間にか、黒田君は本格的に眠ってしまっていた。

朝になり、缶コーヒーを飲みながら黒田君は考えた。

夢かもしれないし、そうじゃなかったとしても、何かボソボソ喋ってくるだけか。

命の危険はなさそうだ。それでもやっぱり嫌だな。

これがどう変わってくるか分からないじゃん。

とりあえず、仕事をこなしながら考えよう。

黒田君は身支度を調え、町に向かった。


いつもの駅前に着く。

早朝から人混みが凄まじい。目的地を目指し、人の波をすり抜けていく。

ネカフェが林立する辺りが、ヤミ金としての黒田君の仕事場だ。

こんな朝早くでも、人は多い。夜を過ごした者、今から寝る者、宿代わりにしている者で溢れている。

ナンパ師という仕事で、良い腕を持つマコトという男がいる。

黒田君は、このマコトと業務提携を組んでいる。

基本的にマコトは即戦力にしか声を掛けない。やはり、風俗業に向いている子は、何もしなくとも最初から華があるという。

そういう子は自分を磨く努力を怠らない。現状維持を良しとせず、可能な限り上を目指す。

スカウトした子が売れっ子になれば、自然とマコトの株も上がる。

ただ、常に見つかるとは限らない。無視されることも多い。既に働いている場合もある。

全く稼ぎにならないとき、マコトは黒田君用の人材をナンパする。

磨いてもどうにもならない外見の子や、磨きようによっては売れそうな子、特殊な性癖を持つ男向けの現場に売れそうな子。

この三種類に当てはまる子は、片っ端から声を掛けていく。

それほど苦労せずに見つかるらしい。

とりあえず家から逃げてきて、当座をしのぐ資金すらない子なら文句なしだ。

懐事情が判明したら、黒田君の出番である。

黒田君は顔が広く、様々な転売先を持っている。どんな扱いを受けるかは別として、売る相手には困らない。

今から会う相手も、マコトから紹介された女の子だ。

約束していた店の前で、街灯に背中を預けて座り込んでいる少女がいる。

服装、髪型、持っているバッグ。事前にやり取りした内容と合致している。

なるほど、これは即戦力には程遠いわ。金貸しても最悪のときは逃げるだろうな、こいつ。

ただ、少し痩せれば見栄えが変わる顔だ。特殊な性癖を持つ相手には売れるかもしれない。

一応ストックしておくか。

黒田君は、ここまでをざっくりと判断する。

そうと決まれば後は落とすだけだ。黒田君は必殺の武器である優しいお兄さんの顔になり、ソフトに話しかけた。

女の子の名前は麻美、十七歳だという。

親が抱えた借金の形にされそうになり、逃げてきたらしい。

当然、しっかりした準備はできなかったわけだ。

持ち金を訊くと、一万円と小銭が少しだけだという。

さてどうするか。黒田君は改めて麻美を観察した。

ややぽっちゃり体型、面は普通、若さだけが切り札だ。やっぱりこれは特殊性癖決定だな。

話を切り出そうとした瞬間、黒田君に天啓が舞い降りた。

あの部屋にこいつを放り込めば良いのでは。

「麻美ちゃんさ、僕、君みたいな人を助けたいって思って、この仕事をしてるんだ」

歯の浮くようなセリフで始めた。

今後、バイトを始めるにしても、携帯を契約するにしても、住所は必要になる。

そのために使うマンションがある。現住所として履歴書に書けるよ。

もちろん、無料とはいかない。ある程度は金が必要だ。

でも、ネカフェで毎晩寝泊まりするより遥かに安くつくし、安全だ。

麻美の顔が期待に満ちて輝きだした。

「信じられないかもしれないから、とりあえず見てみない？　家具とかは最低限しかないけど、それは我慢してね。何なら自分で買い揃えてくれても構わないし」

麻美は小さく何度も頷き、お願いしますと即答した。

他に選択肢がない人生だから、当然ではある。

部屋に着き、黒田君はドアを開放したまま数分待った。

麻美が満面に笑みを浮かべて戻ってきた。

「ここ、本当に借りて良いんですか」

黒田君は頷きながら、当座の費用として五万円を貸そうかと提案した。

当然、利息がとんでもないことになるのだが、麻美は良く理解していないようだった。

現金と部屋の鍵を渡すと、麻美は涙を浮かべて何度もお礼を言った。

とりあえず心配だから、毎日の様子を画像付けて報告してねと約束を交わす。

「無事に暮らしてると分かったら、凄く安心できるからさ。それじゃ」

我ながら頭の良い仕事だなと自画自賛しながら、黒田君はマンションを後にした。

もしかしたら、麻美が死ぬかもしれないが、そのときはそのときで考える。

原因が分かれば対処もできるだろう。

「下請けに発注したってことだよな」

誰に言うでもなく呟いて、黒田君は次の仕事に向かった。

その夜のこと。
自室でぼんやりと動画を見ていた黒田君の元へ、麻美から早速メールが届いた。
平仮名の多い文章で、〈ひさしぶりにおフトンでねられます、ありがとうございます〉
とある。
添付された画像は、布団をバックにした自撮りだ。

麻美の背後に、ぼんやりと何かの影が写っている。
拡大しても明度を修正しても、はっきりしない。
「これはいよいよ出たか」
黒田君は何となく笑っている自分に気付いたという。
翌日、麻美は早速バイトを探し始めたらしい。
幾つか候補があり、そのうちの一つに採用されるかもと記してあった。
添付された画像は、ベランダから見える夕日を背景にした自撮りだ。
左肩にまた、何かの影が写っている。
麻美自身は、この画像を見て何も思わないのだろう。見えていないのかもしれない。
影に関して一言も触れていないのが、その証拠だと思えた。
「そういう所がいかにも危ないよな」
またしてもニヤついている自分に気付く。
それにしても、あの部屋に居続けていたら、こうなっていたのか。
黒田君は改めて、この下請け計画を思いついた自分に感心した。
麻美はよほど嬉しかったのだろう。こまめにメールを送ってきた。
とある飲食店に採用され、順調に働き始めているようだ。

添付された画像に写る影は、依然としてはっきりしない。

明らかに変化しているのは麻美のほうだ。

小太りだったのが、少し痩せて女性らしい身体に変わってきている。

顔もほっそりしたせいか、可愛いほうの女の子になっている。

はっきり言えば、普通の店に売れるレベルになりつつある。

黒田君は、いつもならメールに一々返信しないのだが、念のために訊いておくことにした。

何か変わったこととかないか、痩せて見えるけど大丈夫か。

気配りだと思ったのか、すぐに返事が戻ってきた。

しっかり食べているけど、働き始めて身体を動かしているおかげで痩せたのだという。

思わぬ副産物だなと黒田君は、麻美の努力に感謝した。


翌日のメールが突然おかしくなっていた。

『この部屋にいると、凄く励まされます。もっともっと頑張りなさい。あなたならできるはずよ。そんな子じゃないでしょ。お母さんは、そんな情けない子に育てた覚えはないわ。分かった、分かったからママ。あたし頑張るから』

そう記してあった。
自分自身に言い聞かせているのかと思ったが、それにしては文章がおかしい。
添付されている画像を開いてみた。
あの部屋の画像ではない。
何処か分からないが、駅のホームで撮影している。
いつもならぼんやりとしか写っていない影が、人の形になっている。
そのメールを送信した後、麻美は行方が分からなくなった。
同じ日の同じ時刻、電車が遅れた。
調べてみると、飛び込み自殺した女性がいるらしい。
黒田君は、その駅に行ってみた。あのマンションから二つ先の駅だ。
最後に送ってきた画像を頼りに、ホームをうろつく。
十分後、周りの景色と看板が全く同じ場所を見つけた。
「クソ、やられたな。五万、回収できなかったじゃん」
マンションに戻った黒田君は、恐る恐るドアを開けて中に入った。
風呂場に安いシャンプーとリンス、台所に炊飯器が増えている。
麻美が買ったのだろう。ここからやり直そうとしていたのだ。

何か、尊いものを壊してしまった気がする。
黒田君は、ほんの少しだけ胸がざわついたという。

それから半時間掛けて、黒田君は部屋の画像を撮りまくった。
あの影は一枚も写らなかった。
勢いに任せ、黒田君はその夜、部屋に泊まった。
前回と同じような時間が流れていく。
結果として、夜中に何事か囁かれただけで、無事に朝を迎えることができた。
何故、自分はそれだけで済むのか、まるで分からない。
だが、油断は禁物だ。
もしかしたら、ほんの気紛れかもしれないではないか。
次、いきなり何か攻撃されてもおかしくないだろう。
手掛かりらしきものは、あの画像と麻美が送ってきた最後の異様なメールだけだ。
どうする。調べてみるか。
頭の中で調査方法と費用を考えてみる。
「ま、どうでもいいか」

大切なのは、この部屋に住み続けることだ。
逃げるのは簡単だが、ニコニコローンに何をされるか、想像するだけで鳥肌が立つ。
そっちのほうが何十倍も怖い。
黒田君はスマートフォンを取り出し、マコトを呼び出した。
次の借り主を探してもらうつもりだ。

ヤミ金の黒田君の話　頑張れあたし

麻美が消えたのが確定し、その日のうちに黒田君は追加発注した。

さすがというか、マコトはたちまち新しい女の子を見つけてきた。

麻美より、かなりマシな外見だという。

名前は心愛《ここあ》、十八歳になったばかりである。

良い素材だが、スカウトは難しいらしい。

「うーん……ちょっとね、メンタル的にヤバいんすよ。ある程度ならイケイケで押し込んじゃうんだけど、これはねぇ」

実際に会ってみて、マコトが口籠もる理由が分かった。

マコトが当人から得た情報によると、心愛は祖父の介護を言いつけられ、高校に通えない状態だった。

祖父は誰彼構わずに暴力を振るい、性的な欲求を満たそうとし、心愛は一瞬たりとも安らげるときがなかった。

母は離婚で揉めており、四六時中イライラしている。当然のように家事を放棄し、ストーカーじみた行為に明け暮れている。
そんな毎日に心愛も蝕まれていき、精神科の常連になった。
ある夜、祖父の簡易便器を始末している途中、背後から襲われ、犯されそうになった。
手近にあった花瓶で祖父の頭を殴り、そのまま逃げてきたのだという。
「生活と精神が安定したら、かなりマシになると思いますよ」
黒田君はマコトのスカウトとしての勘を全面的に信用している。
早速、約束の場所に向かった。

マコトが言う通り、心愛は見た目だけで判断すると余裕で合格ラインだ。
常に辺りを窺い、挙動不審な状態だが、これは特に問題ない。
後先を考えずに都会まで来たから、自分を守る物が何一つない。
金がない、住む所もない、働く場所もない、相談する相手もいない、未来が見えない。
そんな状況に置かれたら、どんな人間でも挙動不審になる。良くあるタイプだ。
黒田君は例によって優しいお兄さんを装い、ソフトに話しかけた。
マコトには、必要最低限のことを共有してもらった。
住所が必要な人に貸せる部屋がある。ただではないし、幾らかの金を借りてもらうことになる。

それでも生活を安定させるには最良の選択肢だ。

そこまでの知識が事前にあるとないとでは、会話の進み方がまるで違う。

案の定、心愛は既に部屋を借りる気満々だった。

それならば話は早い。

黒田君は心愛を連れてマンションに向かった。

前回と同じようにドアを開け放ったまま、心愛を部屋に上がらせる。

心愛は一通り見てきた上で、麻美と同じように笑顔で戻ってきた。

「ここ、いい！　素敵！」

瞳をキラキラと輝かせて小躍りしている。

これもまた前回と同じように、五万円を当座の費用として貸し出し、毎日の連絡も指示した。

炊飯器あるの嬉しい、お米もあったと無邪気に喜んでいる。

麻美も人の役に立てて嬉しいだろうな。

今度こそめでたしめでたし、ってわけだ。

独り言を漏らしながら、黒田君はマンションを出た。

その夜。

心愛から連絡が入った。

『食材を買ってきて自炊しました。体調が戻ってきました。料理は得意なので、メイド喫茶とかで働きたいなと思います』

添付画像は、自作のオムライスを見せながら自撮りする心愛だ。

その右後ろに、ぼんやりと黒い影がいた。

「糞、仕事早すぎんだろ。俺んときは出ないくせに」

このペースだと、早ければ一週間で何事か起こるはずだ。

翌日、心愛は早速、仕事を見つけてきた。

『制服もレンタルできるそうです。着てみました。明日から出勤です』

メイド服姿の心愛の画像が添付されている。

マコトの勘が当たっていた。ちょっとしたアイドル並みに可愛らしい。

その背後に黒い影――だけではない。

何か分からないが、もう一つ写っている。

悪い予感がする。前回とは違う状況に思えてならない。

黒い影は何故か女だと分かった。理由は定かではないが、確信している。

もう一つのほうも似たようなものだとは思うのだが、まだ分からない。

それからも心愛は同じ時間にメールを送ってきた。

メイド喫茶がとても楽しい、調理を任されるかもしれない、作った料理の評判が良い、調理を勉強して店を持ってみたい。

毎日が充実しているようだ。貸した金も元金分は殆ど回収できている。

利息分も含めた全額を返却するまで、それほど時間は掛からないだろう。

全てが上手く回り始めているようだが、その分、影が濃くなってきている。

もう一つの影も形がまとまり始めている。

こちらも人の影のようだ。


黒田君は珍しいことに、この期に及んでかなり迷ったという。

心愛の身を案じたわけではない。多分、このままだと何か起こるだろう。

高確率で死ぬような気がする。

そうなったら、また人を探さねばならない。それは面倒だし、ニコニコローンにバレたとき、何を言われるか知れたものではない。

何より、こいつは勿体ない。磨けば高く売れる素材だ。

黒田君は散々迷った挙げ句、とりあえず午前中に様子を見に行くことにした。


わざわざ日曜の朝からやってきた甲斐があった。

手掛かりらしきものと出会ったのだ。

マンションの玄関で、住人と思しき母娘連れとすれ違ったときのことだ。

母親が娘を叱りつけていた。

「もっともっと頑張らなきゃ。大丈夫、あなたならできるはずよ。途中で逃げ出しちゃ駄目。いつも言ってるでしょ、お母さんはそんな情けない子に育てた覚えはないわ」

「分かってる。分かってるから。ママ、あたし頑張るって」

聞いたことがある。というか、読んだことがある。

麻美が最後に残したメールに良く似た内容だ。

驚いて振り返る。どうやら買い物に行くようだ。

黒田君は、咄嗟《とっさ》の判断で母娘の跡をつけた。

母娘は予想通り、近所の商店街で買い物を済ませ、マンションに戻ってきた。

物陰に隠れ、そっとエレベーターの到着階を確認する。

六階で止まった。ポストを調べると、埋まっている部屋は四部屋。

そのうちの一つに黒田君は注目した。

六階の角部屋、黒田君の部屋の真上である。何となく、その部屋で合っている気がする。

そこまで把握してから、黒田君は心愛の元に向かった。

様子を見に来たという黒田君を心愛は喜んで招き入れた。

僅かの間に、女の子が住む部屋になっている。やはり、生活能力は麻美とは比べ物にならない。

画像に写っていたメイド服がハンガーに掛けてある。

生きていく気力に満ちた部屋だ。何となく圧倒されてしまう。

気を取り直し、黒田君は単刀直入に訊いてみた。

変な夢を見たりしないか。何か声が聞こえたりしないか。

それともう一つ、一番訊きたいこと。

「この部屋にいると、何かこう物凄く頑張りたい気持ちにならないか」

三つの質問全ての答えがイエスだった。

「変な夢っていうか、女の子の声で頑張らなきゃ、もっと頑張れるはずよって励まされるんです。あたしならもっとできるって思えてくる」

出勤前だけど、簡単なもので良ければ何か作りましょうかと食事を誘われた。

かなり魅力的な提案だったが、黒田君は丁寧に断った。

その代わりといっては何だが、しばらくこの部屋の状況を確認したいと頼み、心愛を見送った。


何が何だか、まるで分からない。

さっきの母娘と似た内容の言葉を麻美も心愛も口にしている。

頑張ろう、努力しなきゃって前向きになってるくせに、自殺するってどういうことだ。

黒田君は、しばらく考えた後、ニコニコローンに連絡を入れた。

今までに自殺、或いは消息を絶った人間のリストをメールで送ってもらえないかと頼んだ。

店長は二つ返事で了承し、嬉しそうに付け加えた。

「黒ちゃん、えらくやる気になってるね。本格的に片付けてくれるのかな」

「良い子拾いましてね、そいつメインにして、この部屋でデリヘルしようかなって」

「お、いいじゃない。僕、常連になろうかな」

黒田君は、早速送られてきたリストを確認した。

自殺者が三人、消息不明が二人。女の子だけではない。最初に自殺したのは中年男性だ。

職業も年齢も全く違う。何一つ共通点が見つからない。

リストを放り出し、さっきの店長との会話を思い出す。

心愛とデリヘルか。適当に吐いた嘘だが、まんざらでもないなと思い直す。

ぼちぼちやる気になってもいいか。

いつまでも何でも屋やってる場合じゃないな。

ここは一つ、死ぬ気で頑張って一旗揚げるべきときだ。

俺はそれができる男なんだ。

やれる。

頑張れ俺。

「いやおかしいだろ。何やる気になってんだ、俺」

黒田君は、思わず大声を出してしまった。

今まで、自分自身に向き合わず、適当にその場しのぎで生きてきた。

そんな自分が急にやる気を出すのは、どう考えてもおかしい。

自らの頬を平手で打ち、冷静さを取り戻す。

自分を含め、やる気になった人間が知る限り三人いる。

いや、あの母娘の件も含めると四人だ。
あの影とは関係ないかもしれないが、何となく点と点が繋がる気もする。
改めてリストを眺める。
ここに記された全員が、やる気になったのかもしれない。
消息不明と書いてある者もいるが、恐らく全員が自殺しているだろう。
死に場所が不明なだけだ。だとすると、何故死を選ぶのか。
やる気になったのなら、何とかして生きようとするのではないか。

幾ら考えても、答えが出そうにない。
とりあえずもう少し、心愛の様子を見てから決めよう。
連絡だけはこまめに取るようにしよう。
黒田君はもう一度、心愛の画像を見た。
やはり可愛い。デリヘルは嫌だな。まともな職に就いてくれたほうがいい。
正直な感想を呟きながら、黒田君は部屋を出て自宅に帰った。
がらんとした自分の部屋が、やけに寒々しい。
今ここに心愛がいたら良いのにと、本気で思ったという。

翌朝、黒田君はメールの着信音に起こされた。

心愛からだ。

『あの部屋を紹介してくださり、本当に感謝しています。心愛はもっともっと頑張ります。あなたならできるはずよ。お母さんは、そんな弱い子に育てた覚えはないわ。分かった、分かったからママ。あたし頑張るから、もっともっと頑張るから』

添付画像には、何処かの森が写っていた。

鬱蒼とした木々の中、一際目立つ枝の下。

先端に輪を作ったロープをその枝に掛け、輝くばかりの笑顔で輪に頭を入れている心愛が写っていた。

「ダメだ、ダメだって！　止めろって！」

立ち上がり、顔を覆って叫んだ。

今この瞬間、何処かの森の中で心愛の命が燃え尽きようとしている。

これほど誰かに死んでほしくないと思ったのは、このときが初めてだったという。

その後、心愛は消息を絶った。

部屋には色々なものが遺されていた。
真新しい包丁、クッキーの型、紅茶のセット、コーヒーメーカー。
その全てに、前向きに生きようとしていた心愛の思いが沁み込んでいる。
黒田君は、何も手に付かないまま、メイド服姿の心愛の画像を眺め続けた。
自分でも驚いたことに、いつの間にか泣いていたという。

ヤミ金の黒田君の話　ルームシェア

梅雨明けの空を見上げながら、黒田君は待ち合わせ場所に向かっていた。

今回で三度目だ。さすがにマコトも不審に思っているらしく、頼んだ途端、珍しく反応が遅れた。

「言ってた部屋っすか」

誤魔化《ごまか》せそうにない。黒田君は素直に頷いた。

マコトはしばらく考えてから、思いもよらないことを言ってきた。

「その部屋、何か出るんすか。だとしたら、良い子いるんですけど」

名前は陽菜、マコトの古い知り合いだという。

年齢は分からない。何処に住んでいるのか、普段は何をやっているのかも不明だ。

霊感が強く、たまに頼まれて占いをする。

マコトがナンパした女の子の相談やアドバイスもするらしい。

ちょっとしたお祓いとかもやってくれるため、何かと重宝する子だという。

この陽菜に、その部屋を見せようというのがマコトの提案である。

原因が分かれば対応できるかもしれない。その結果、敵わない相手だと分かったら、諦める切っ掛けにはなる。

問題は、その陽菜という女の子の実力だ。

案外、適当なことを言うだけの詐欺師ということも考えられる。

会ってみても分からないかもしれない。

ただ、現時点で他に打つ手がないのは確かだ。

とりあえず、黒田君はマコトの提案に乗った。


マコトは早速、陽菜を呼び出した。

驚いたことに、陽菜は電話が掛かるのを予想していた。

話を切り出す前に、マンションを見に行くのねと訊いたのである。

これは本物かもしれない。

黒田君は不安と期待の両方を携え、陽菜が指定する店に急いだ。

何と牛丼屋である。

店の外から中を覗く。サラリーマンや学生に混じり、ギャルが牛丼を掻っ込んでいる。

見事に食べ終わると、そのギャルは店の外に出てきた。

白のタイトクロップドのTシャツ、デニムのショートパンツに黒のサンダル。ハイトーンのボブに意外と幼い顔立ち。

マコトから聞いていた通りだ。

「黒田君？　行こっか」

挨拶もそこそこに陽菜はスタスタと歩いていく。教えてもいないのだが、駐車場に入っていく。

一瞬のためらいもなく、黒田君の車の横に立った。

「あの、何でその車が僕のだって分かるの」

「え。企業秘密だけど。いいから早く行こ、マコトから全開でやってくれって頼まれてるし」

これはもう任せるしかない。

黒田君は急いで車を走らせ、マンションへ向かった。

近づくにつれ、陽菜は無口になっていく。目を細め、何かを睨んでいるようだ。

到着後、エレベーターホールで立ち止まり、陽菜はぐるりと周りを見渡した。

「薄い。ここじゃない」

そう呟いてエレベーターに乗り込む。慌てて後を追った。

五階を押そうとする黒田君の指を払いのけ、陽菜は六階を押した。

「いや、見てほしい部屋が五階なんだけど」

陽菜は気にせず、しーっと唇に指を当てた。

六階に到着した陽菜は、周りを見渡しながらゆっくりと進んでいく。

その顔が険しくなっている。

角部屋の前で止まり、瞬きすらせずにドアを睨み付けた。

「なるほどね」

ぼそっと呟き、踵《きびす》を返してエレベーターホールへ歩きだした。

何か分かったのかと訊いたのだが、返事もせずに陽菜はエレベーターに乗り込んだ。

今度は五階を押す。

無言のまま、黒田君の部屋までスタスタと歩いていく。六階とはまるで様子が違う。

「開けて」

黒田君がドアを開けた瞬間、陽菜は眉間に皺を寄せ、小さく舌打ちした。

サンダルを脱ぎ、入っていく。

時間を掛けて、全ての部屋とベランダを調べ、陽菜は戻ってきた。

「出ましょ」

マンションの玄関から出た途端、陽菜は深い溜め息を吐いた。

「車の中で話すわ」

どうやら何事か掴んだらしい。

助手席に座った陽菜は、もう一度溜め息を吐いて話しだした。


あのね、最初に断っとくけど、あれはあたしには無理よ。

っていうか、結構な高僧でも難しいと思う。

あんたが言ってる、頑張ろう、努力しなきゃってやる気になるのに自殺するって奴。

これ、矛盾してるのは当然なんだよ。

何故って、頑張ろうって思わせるのは六階の部屋にいる女の子の生き霊で、自殺させるのはあの部屋にいる中年のおっさんの霊だから。

一番最初に自殺したおっさんいるでしょ、そいつ。


黒田君は呆気に取られてしまった。

質問しようと口を開けたまま、言葉が出てこない。

その様子を冷たい目でチラリと見てから、陽菜は説明を続けた。

六階の女の子、頑張れ頑張れって追い詰められてるんだと思う。

その気持ちがパンパンに溜まってて、生き霊を生みだすまでになった。

で、本当なら母親を呪うとか攻撃するんだけど。

そんだけ責められても好きなんだろうね、母親が。

だから、頑張る頑張る、あたしはやれるって方向にどんどん力を増していって、真下の部屋まで巻き込んでんのよ。

それだけだったら良かったんだけどね。

あの部屋にいる中年のおっさん、すげぇコンプレックス持ってる。

ずーっと言ってんのよ、俺は頑張った、誰よりも努力した、それなのに会社の奴らは認めようとしない、もっと努力しろ、おまえは最低だ、努力が足りない、うるさい、俺は頑張ってんだよ。

こればかり延々と繰り返してる。

そんな霊がいる場所で、よし私は頑張って生きていこうって子が、清く明るく美しく暮らし始めたらどうなると思う。

言わなくても分かるでしょ。

「あの部屋は生き霊と悪霊が、知らず知らずのうちにルームシェアしてんのよ。生き霊のほうは誰が説得しても聞かないだろうし、悪霊のほうは沢山の人を殺してきたから物凄いパワーを持ってる。あれを説得できる人間は限られてる」

「だったら、何で僕は無事だったんだ」

「黒田君さ、別に人生なんてどうでもいいと思ってるでしょ。あの部屋でやる気になるのは、人生を何とかしようと僅かでも思ってる人だよ」

ぐうの音も出ないとはこのことだ。

黒田君は力なく頷くしかできなかったという。


黒田君は、陽菜から聞いたことを一か八かでニコニコローンに説明した。

当然、信じてもらえないとは思っている。そんな話でどうにかできるような相手ではないからだ。

痛いのは嫌だな、殺されるまではいかないだろうと不安で震えながら、全てを打ち明けたのだが、意外にも店長は最後まで話を聞いてくれた。

その上で、黒田君との契約もペナルティなしで解除してくれたのである。

黒田君が知っている範囲だと、今現在も部屋はそのままの状態で存在している。

ニコニコローン自身が借りているそうだ。
詳細は知らないが、特殊な用途に使うらしい。

黒田君は、相変わらずいつもと同じ日常を繰り返している。
何かになろうとか、出世したいとか、そんな希望は持つ気にすらならない。
ただ、一つだけ欲はあるそうだ。
まとまった金を稼ぎたいらしい。
それは自分のためではない。
いつか、景色の良い場所に、麻美と心愛の墓を建てたいのだという。

まだ終わらない。

幾つかの怪談会でも話したことだが、私はたまに霊的な何かを聞くことがある。本にするまでもなく、いつの間にか忘れてしまうような、ありふれた怪異だ。

そんな私が、この一年で何度も繰り返し聞いた音があった。

状況は決まっている。大阪市中央区のライブハウスで開催されるイベントに出演するときだ。

会場までは徒歩で行くのだが、なんば駅から南海通《なんかいどおり》を抜けていくのが最も近い。

当初はそれほど怖い音ではなかった。複数の足音が、背後から近づいてきて横を抜けていくだけだ。

残念ながら姿形は見えないが、かなり急いでいる様子である。

最初に聞こえたとき、避けなければと思い、背後を確認した。

そこにいたのは、中国人らしき観光客の集団と、既にほろ酔い加減の男性三人組だった。

足音はその群れをすり抜け、前方に走っていった。そのときは、えらく急いでるな、というぐらいの感想しかなかった。

酔客や観光客で溢れかえる賑やかな商店街だ。恐怖を覚えるほうが難しいだろう。

ライブハウスに着く頃には、余韻すら残っていなかった。

有り難いことに怪談会は上々の評判で、再び出演の依頼を受けた。

その当日、同じようになんば駅から南海通を抜けていく途中、全く同じ場所で足音に追い抜かれてしまった。

あ、これって覚えてるぞ。この前も、この店の前で追い抜かれたな。

周りの状況も似たようなものだった。中国人の観光客が、韓国人の観光客に替わったぐらいだ。

さすがに少し気にはなったが、とりあえずは今から語る怪談のほうが大切だ。

脳内で練習しつつ、会場に到着。主催の方と話しているうち、足音のことはすっかり忘れてしまった。

そして三度目。追い抜かれた瞬間に思い出した。さすがにこれはおかしい。

せめて走っていく方向だけでも見定めようと思い、足音の後を追った。

まだ聞こえている。間に合う。逃がさない。痛む膝に無理を言い、頑張って追いかける。

その途端、前を走っていく足音がピタリと止まった。

おや、目的地に着いたのか。

確認しようとした途端、足音がこちらに向かって走ってきた。

あ。ヤバい。これは気付かれたな。

膝の痛みなど構っていられない。必死で逃げて、ライブハウスがあるビルに到着した。

何故かは分からないが、そのビルには入ってこられないようだった。

そのビルは取り壊しが決まっており、南海通を歩くことはもうないはずだ。

それにしても膝が痛かった。あと、走り過ぎて血反吐を吐きそうになった。


このように、昨年辺りから様々なイベントへ積極的に参加するようにしている。

前期高齢者となったからには、いつ書けなくなるか分かったものではない。

幸いにも、心身ともに気味が悪いほど快調だ。ネタが集まる限り、あと暫くは書けるだろう。

本が出せるかどうかは世間様からの需要次第だが、こちらは正直言ってよく分からない。

それを確認したいという意味も込めて、怪談会に参加するようになった。

中には、遠路遥々《はるばる》来てくださった方もおられる。

こんな爺さんに会えたぐらいで、涙を流して喜んでくれたこともある。

厭な話ばかり書いているのに、皆一様に笑顔を見せてくれた。

有り難いことだ。まだまだ頑張れるなと感謝の気持ちで一杯になった。

私は、私のファンのファンである。


さて、今回の単著も楽しんでもらえただろうか。

私が書く話の特徴として、スッキリと終わるオチがないというのが挙げられる。

今回の血反吐怪談に登場する人達も、殆どが現在進行形の状況だ。

もしかすると、鮮やかに解決するほうが稀なのかもしれない。

生きている限り、悪意や哀しみ、救いようのない絶望、穏やかな自暴自棄などが溜まっていく。

読み終えた貴方の腹の底に、そういった汚泥が溜まったのなら、著者としてこれほど幸せなことはない。

どうか心置きなく血反吐を吐いて楽になってほしい。


いつも応援ありがとうございます。もう少しだけお付き合いください。

湖の国より感謝を込めて。

つくね乱蔵

★読者アンケートのお願い

本書のご感想をお寄せください。アンケートをお寄せいただきました方から抽選で5名様に図書カードを差し上げます。

（締切：2025年1月31日まで）

応募フォームはこちら

血反吐怪談

2025年1月3日　初版第一刷発行

著者……つくね乱蔵
監修……加藤 一
カバーデザイン……橋元浩明 (sowhat.Inc)

発行所……株式会社　竹書房
〒102-0075　東京都千代田区三番町8-1　三番町東急ビル6F
email: info@takeshobo.co.jp
https://www.takeshobo.co.jp
印刷・製本……中央精版印刷株式会社